Thierry Sandre

Le Chèvrefeuille

Copyright © 2022 by Culturea
Édition : Culturea 34980 (Hérault)
Impression : BOD - In de Tarpen 42, Norderstedt (Allemagne)
ISBN : 9782385088842
Dépôt légal : Novembre 2022

PREMIÈRE PARTIE

Couronnée de cette brume pourpre qui monte avec le soir au-dessus de Paris, la place de l'Étoile, quand j'y arrivai, ne m'offrit pas un spectacle étonnant.

Rien ne montrait d'abord que quelque chose de grand s'y préparât. Nul barrage de gardes au débouchement de l'avenue de Wagram. Dans la nuit à peine froide, les autos surgissaient et fuyaient sans gêne. Vers le Trocadéro, des timbres de tramway tintaient. Au pied des hauts lampadaires qui font à la place une modeste ceinture de clarté, des hommes se penchaient sur des journaux. C'était un soir de dimanche comme tous les autres. M'attendais-je à plus d'animation qu'en semaine ?

— N'aie pas peur, dit quelqu'un près de moi.

Et, la prenant par le bras, un vieillard entraîna sa compagne.

Ils se dirigeaient avec prudence vers l'Arc de Triomphe. J'y allais aussi. Alors je distinguai d'autres couples, des groupes, des promeneurs isolés, à ma droite, à ma gauche, qui peu à peu se détachaient comme nous du trottoir. Autour de l'Arc, posé tel qu'un massif aimant au centre de la place, une foule déjà se pressait. Je ne remarquai plus autre chose.

Face à la Concorde, une rangée d'agents de police défendait l'accès à la tombe du Soldat Inconnu. Ils rabattaient les pèlerins vers les bas-côtés du monument.

— Il y a déjà trop de monde par ici, disaient-ils.

On obéissait, mais nous venions trop tard : tout le terre-plein était occupé.

J'essayai de me faufiler dans la foule.

— Ne poussez pas ! cria-t-on, mais sans violence.

On me poussait moi-même. La foule se fermait derrière moi. Nous étions les uns contre les autres, serrés, silencieux, corrects, hommes, femmes, enfants, ouvriers, bourgeois, riches, pauvres, réunis par une commune et respectueuse attente, tous tournés vers le trou d'ombre où, sous la voûte gigantesque, est enseveli le Soldat Inconnu.

Je dépassais du front mes voisins. Je me haussai sur la pointe des pieds. Un enfant, la tête renversée, me regardait avec envie.

— Je ne vois rien, lui dis-je.

Il eut un sourire bref.

De ce millier de curieux accourus afin d'être là quand s'allumerait la petite flamme qui ne doit pas s'éteindre, combien en est-il qui pourront se rappeler qu'ils ont vu, le 11 novembre 1923, à six heures du soir, le Ministre de la Guerre, ancien sergent, Maginot, courbé de tout son corps pour la faire naître à jamais ?

J'étais au milieu de cette foule patiente. Digne, elle apportait à l'Arc de Triomphe, spontanément, l'hommage discret d'un peuple qui se souvient et qui souffre. Nul apparat de gloire ne l'avait sollicitée. Elle savait qu'elle ne trouverait autour de la tombe anonyme que sa détresse et sa dévotion. Elle savait peut-être qu'elle ne verrait pas, elle savait qu'elle ne serait pas vue. Elle venait pour se recueillir.

Soudain, une lueur, une explosion sourde, une bouffée de fumée laiteuse qui s'élève, et la *Marseillaise*, jouée sous la voûte.

D'un seul geste, tous les chapeaux des hommes avaient disparu. Devant moi, un jeune soldat, la main d'équerre au calot, se roidissait. Faut-il amoindrir par des mots écrits ce mouvement de mâchoires qui se contractent parce qu'on ne veut pas pleurer, alors que les yeux, qu'on ouvre désespérément, se mouillent ? Cette respiration qu'on retient, et cette lutte contre l'assaut brusque des souvenirs qui vous serrent à la gorge ? Et cette foule entière qu'une même pensée écrase ?

Puis ce fut le silence, le silence sournois qui déroute dans cette nuit où l'on ne voit rien, le silence dangereux où l'émotion de la foule n'a plus rien pour la soutenir. La musique ardente s'est tue. Que se passe-t-il ? Quel est ce silence ? D'où s'est délivré ce sanglot qui s'étouffe ? Quelle pudeur aussitôt l'étouffa ? Quelle est cette angoisse ? Comme il semble qu'ils soient loin, les timbres impérieux qui tintent du côté de l'avenue de Wagram ! Si loin, si loin de cette misère humaine toute au regret inexprimable de tout ce qui fut et de tout ce qui ne fut pas, si loin de ces pèlerins du souvenir qui s'isolent pour un instant, sonnaient-ils le signal de l'élévation près d'un autel de rêve, quand nous nous pressions, avides et morfondus, fidèles en retard, sous le porche béant d'ombre de l'église interdite ?

Les photographes sans respect ont troublé le silence. Les éclairs du magnésium dissipèrent le charme mortel. Avec ses cuivres intimidés qui s'enhardirent, la musique joua la Marche Funèbre de Chopin. Je ne sais quel malaise m'envahit. J'eus tout à coup l'impression d'une cérémonie théâtrale.

Autobus et taxis tournaient autour de nous. Le bruit des trompes insistait. L'intérêt du monde, que l'on avait pu croire un moment suspendu, nous reprenait déjà dans son tourbillon.

Des remous se firent sous le porche de l'église évanouie. On nous repoussait. Des hommes et des femmes cherchaient à se retirer. Bousculé, je me trouvai bientôt au premier rang : une section de gardes républicains dégageait sans aménité les abords et creusait vers Neuilly, dans la foule consternée, un large couloir.

— Oui, dit l'un d'eux, c'est fini.

La foule toutefois se ressaisissait et de nouveau se poussait en avant. Les gardes, accrochés par la main et formant chaîne, s'arc-boutaient de tout leur poids contre nous.

Des privilégiés s'éloignaient du groupe sombre qui nous cachait la tombe et la flamme allumée. Ils s'en allaient, d'un air important, au milieu du couloir sur nous conquis.

— On entre par les Champs-Élysées, annonça un policier chamarré d'argent.

Mais à l'entrée des Champs-Élysées la presse était plus grande encore, et plus grand le nombre des agents et des gardes chargés de contenir la foule. Par là non plus on n'entrait pas.

— Alors, par où ?

— Par l'avenue de Wagram.

Là, c'étaient des gardes à cheval qui défendaient l'accès.

Des mécontents commencèrent de manifester leur dépit.

— Quelle organisation ! criaient-ils au nez des chefs du service organisateur.

— Tas de brutes ! murmura franchement une vieille dame en deuil.

Je suis tenace. Je voulais voir la flamme allumée : je retournai à l'entrée principale et tâchai d'avancer le plus possible, en me glissant le long du monument, sous l'entraînante Femme de Rude. Un officier de police, qui s'alarmait, s'élança contre moi, les bras levés.

Un garde républicain répondait à une femme en cheveux :

— Qu'est-ce que vous pensez voir ? Vous n'avez qu'à rentrer chez vous : allumez votre fourneau à gaz, vous en verrez tout autant.

La messe sublime était bien finie.

Je m'échappai, les épaules hautes, la tête basse.

Il était sept heures et demie. Il faisait frais. Au ciel, de légers nuages clairs paraissaient immobiles, et quelques étoiles brillaient. Je m'engageai dans l'avenue de Wagram sans regarder en arrière.

L'avenue de Wagram, avec ses bars et ses cinémas qui prétendent au luxe, est l'une des plus diversement animées des avenues qui rayonnent de l'Arc de Triomphe. En plein quartier aristocratique où elle s'insinue, elle sent la crapule, le tripot, la galanterie. Ailleurs, elle ne donnerait pas cette impression. Ici, elle centralise des commerces incertains que la police surveille ou traque et qui ne manquent pas d'y attirer des amateurs ; les vices y sont à la portée de toutes les bourses ; le XVIᵉ arrondissement y descend et le XVIIᵉ des faubourgs y monte. D'où un va-et-vient curieux d'hommes et de femmes de toutes les catégories sociales.

Des trois ou quatre avenues que je pouvais prendre pour rentrer chez moi, c'est bien la dernière que je devais prendre, si je ne voulais pas m'exposer à quelque rencontre d'où ma mauvaise humeur eût tiré motif de s'exaspérer ; car un rien suffit à pousser jusqu'aux pires conséquences une peine qui a besoin de solitude. Mais j'avais pris l'avenue de Wagram.

Ainsi, les mains dans les poches de mon manteau, je marchais assez vite, par le trottoir de droite, vers les Ternes. J'étais résolu de ne me laisser distraire par rien. En ce jour de commémoration tragique, et mécontent de n'avoir pas trouvé sous l'Arc de Triomphe un aliment satisfaisant à mon désir de recueillement, je voulais regagner au plus tôt ma chambre, où rien n'offenserait mes souvenirs malheureux.

Or, tandis que je me hâtais, j'entendis une autre musique, faible, puis plus nette, et navrante, un de ces airs à la mode qui sonnent en lamento et qui, dans la rue, chantés ou joués par des musiciens ambulants, s'aggravent d'une mélancolie facile. Celui que j'entendais de mieux en mieux à mesure que je me hâtais de moins en moins, tout Paris le fredonnait depuis plus d'un an. Il m'arrêta.

Des badauds formaient demi-cercle devant trois musiciens accotés au rideau de fer d'une boutique close. La femme chantait. L'un des deux hommes, assis sur une valise et l'oreille collée contre son instrument, faisait gémir un accordéon. L'autre, debout, aigre violoniste, battait du pied le sol.

Un paquet de chansons entre les doigts, la femme scandait d'une voix pauvre :

— Qu'est-c' qui dégot'
Le fox-trott
Et mém' le shimmy ?
Les pas englisch,
La scottisch,
El tout c' qui s'ensuit ?
C'est la Java,
La vieill' mazurka
Du vieux Sébasto…

Cette voix fatiguée, ces mots inutiles, ce rythme à saccades après la désolation du plaintif couplet, ces musiciens misérables, la tristesse qu'ils poussaient sur nous, ma tristesse, tout me retenait.

Mais le chétif orchestre se tut.

— Demandez les grands succès du jour ! dit alors la chanteuse. Vous avez six chansons pour un franc, toute la poignée pour vingt sous.

Des mains se tendirent vers elle.

— Demandez la *Java* ! Six chansons pour un franc.

À quelques pas de moi, un homme appelait la chanteuse.

Je le regardai.

— Tout de suite ! dit-elle.

Est-ce parce qu'il vit que je le regardais ? Et qu'avait-il vu dans mon regard ? Sans attendre, l'homme se retirait, soulevait son feutre comme pour s'excuser auprès des spectateurs qu'il dérangeait, sortait du cercle, s'éloignait promptement.

— Voilà une tête que je connais, me dis-je.

Mais d'où ? Il ne m'en souvint pas. Cette barbe à la française, blonde, m'avait-il semblé…

— Au deuxième ! annonça la chanteuse.

Les musiciens attaquèrent la rengaine. Je ne la suivis pas. Je cherchais un nom. Je restais là, vaguement inquiet, l'esprit ailleurs.

Des badauds chantonnaient.

— Tu es stupide, me dis-je.

Ne rencontre-t-on pas à tout propos des gens qu'on croit avoir déjà rencontrés ? Et faut-il qu'on s'inquiète pour si peu ?

— Demandez la *Java* ! dit encore la chanteuse.

L'orchestre de nouveau s'était tu.

— Demandez !

Elle vendit plusieurs cahiers de ses chansons.

Puis elle annonça :

— Nous allons vous chanter maintenant *Le P'tit Rouquin du Faubourg Saint-Martin*, le grand succès de Fortugé.

— Non, merci, me dis-je.

Et à mon tour je me retirai du cercle.

La chanteuse commençait :

J'allongeai le pas. Je perdis bientôt paroles et musique.

Mais je ne pouvais me défaire de cette inquiétude qui m'avait pris, là, devant ces chanteurs des rues, pour un visage où j'avais cru reconnaître… Reconnaître quoi ? Et qui ? Rien, personne.

J'avais beau chercher, et j'avais beau surtout me remontrer qu'il était absurde, vain, puéril et tout à fait sot, de m'obstiner à chercher quand même, je pressentais, malgré moi, que j'avais déjà vu cet homme à barbe blonde, que je le connaissais, et que j'aurais dû le reconnaître.

J'étais trahi par mémoire, et j'en éprouvais du dépit.

Évidemment, l'homme ne m'avait guère laissé le temps de le dévisager.

À peine avais-je eu le temps de le remarquer, il disparaissait. Est-ce donc parce qu'il avait disparu si vite, et comme si ce fût parce que je le regardais, que je tenais à mettre un nom sur sa figure ?

Autre sottise, autre absurdité. Pourquoi cet homme, que je ne reconnaissais pas, que je ne connaissais peut-être pas, aurait-il fui de mes yeux ? Il s'était retiré du cercle des badauds sans attendre que la chanteuse lui eût donné le cahier de chansons qu'il désirait ? Quoi de plus simple, s'il était pressé, ou si, plus simplement, il renonçait à son envie après réflexion ?

Absurdité. Double et triple absurdité. Je me le disais. Ma pensée cependant ne s'en détachait pas.

Dans le tramway où je montai, j'examinai l'un après l'autre les voyageurs. Espérais-je y découvrir mon homme à la barbe blonde ? J'étais décidément bien sot. Mais cette sottise me sauva.

— Mon homme à la barbe blonde ?

Je souris. N'avais-je pas l'air de m'engouffrer de bonne foi dans un roman d'aventures de la plus basse qualité ?

Ma voisine, qui m'avait vu sourire, je lui vis cette mine narquoise qu'on a toujours en face d'un monsieur qui semble se parler à lui-même.

J'accentuai mon sourire. Mais c'est d'elle que je souris, et de sa mine narquoise. Toute ma conscience me revenait.

Je descendis au point où je devais descendre, sans hâte, comme un monsieur qui ne s'était pas égaré, un long quart d'heure durant, dans de ridicules cogitations. Et je me répétais mentalement le mot de cogitations, parce qu'il est ridicule en effet.

Quelle étrange démarche que celle d'une pensée humaine ! On se moque de ceux qui s'analysent, et ils goûtent, les égoïstes, d'incomparables plaisirs, quand ils peuvent reconstituer les mouvements de leurs idées. Un ingénieur, devant une machine dont il veut découvrir le secret, n'a pas de joies plus grandes, parce que souvent sa recherche est intéressée. On le considère avec respect. Un amateur de psychologie, même banale, s'il se trahit en public en laissant paraître son attention, il fait sourire les gens sérieux et les jolies femmes.

J'avais fait sourire ma voisine. Elle était bien jolie. Elle avait cet air assuré des femmes qui aiment et qu'on aime : elles ne remarqueraient pas les hommages les plus évidents que le passant leur adresse.

Celle-ci, j'aurais parié qu'elle était heureuse et qu'elle croyait l'être pour toujours. C'est pourquoi j'avais souri, de mon côté, en la quittant.

Je rentrais chez moi, où nulle compagne ne m'attendait. Et le désir de solitude que j'avais eu là-bas, dans le bruit de la foule, tout à coup me pesa. Je savais trop ce qui m'attendait chez moi : tous ces regrets que j'étais allé réveiller sous l'Arc de Triomphe, ils me tiendraient impitoyablement, tous ces regrets d'amis perdus, de frères perdus, de beaux souvenirs perdus, que traînent les hommes de mon âge. Chez moi, je serais tout à eux. Ailleurs, il y avait autre chose.

Je n'avais plus hâte de rentrer chez moi. Pour une femme aperçue qui se hâtait, elle, vers son bonheur ?

Son bonheur ?

— Marthe…

Un nom m'ouvrait les lèvres.

Puis, aussitôt, et plus fort :

— Maurice…

Je m'arrêtai.

Je regardai autour de moi. Non, on ne m'avait pas entendu prononcer tout haut le nom de mon ami Maurice.

— Maurice ?

Je levai les épaules.

Il était mort, en 1916, au mois de mars, le 9 mars, près de Douaumont, sur la route de Douaumont à Bras, dans l'enfer de Verdun.

Quel vin avais-je donc bu, ce soir-là ? Par quelle aberration venais-je de trouver enfin que mon homme de l'avenue de Wagram ressemblait à mon ami Maurice mort à Verdun, ou du moins qu'il le rappelait un peu ? Fort peu, puisque j'avais longtemps hésité. Un peu toutefois, puisque je m'étais senti troublé devant cet homme du hasard.

— Décidément, me dis-je, les camarades ont raison : la guerre a sans recours marqué ceux qui la firent ; nous l'avons en nous comme une syphilis.

J'étais accablé.

Je voulus chasser loin de moi la noire hallucination. Il est dangereux que des souvenirs se matérialisent à ce point, et plus dangereux de s'y prêter.

— Certes, conclus-je en me ressaisissant, j'irai voir dès demain mon vieux docteur Pagès.

En somme, c'était cette femme souriante qui m'avait ému. Elle paraissait trop heureuse. Elle m'avait fait songer à Marthe. Marthe aussi paraissait trop heureuse, comme cette femme souriante. Marthe et Maurice formaient un couple parfait. Je les avais souvent enviés.

— Pauvre Marthe !

Elle paya cher son bonheur. Moins de six mois après son mariage, la guerre le lui disputait et, deux ans plus tard, il ne lui en demeurait rien, rien que le souvenir d'une brusque rupture qu'elle n'acceptait pas, qu'elle n'admettait pas, qu'elle ne commença d'admettre que lorsque je lui eus ramené du front, en 1920, dans le cimetière où elle le voulut, le cadavre de son mari.

Voilà bien comme tout s'enchaînait dans ma pensée douloureuse. En partant pour l'Arc de Triomphe, j'avais, sans m'en rendre compte, emporté, plus intense que tous mes autres regrets et prêt à les dominer malgré moi, le regret de ce merveilleux bonheur anéanti. Là-bas, près de la tombe où gît sous les espèces du Soldat Inconnu l'inexpiable destin de toute une génération massacrée, dans l'ombre propice, au milieu de la foule qu'on écartait, tant d'images atroces m'avaient à la fois assailli que je ne sais plus si j'aurais pu distinguer entre elles. L'indicible détresse avait été courte ; la déception, prompte ; le reste, je l'ai dit. Tout s'expliquait.

J'arrivais à ma porte.

J'étais plus calme, et content de rentrer chez moi. Je ne redoutais pas ma solitude, ni le silence de ma chambre où il me faudrait ranimer le feu et où le souvenir de mes morts se ranimerait de lui-même, sans bruit, sans éclat, sans offense.

Quant à l'homme de l'avenue de Wagram, qui m'avait tant occupé pour si peu, j'étais certain qu'il disparaîtrait vite de mes soucis ; j'étais certain qu'il disparaissait déjà, que j'en laissais le falot fantôme dehors, sur le trottoir, dans la rue, dans la vie des autres. Désormais je le connaissais : il ne m'était rien. Je lui savais gré seulement d'avoir dirigé ma tristesse vers le souvenir préféré de deux amis dont le bonheur fut si tendre qu'il méritait de servir d'exemple aux couples imprudents ou découragés. Ils sont tellement rares, les couples dont on puisse présumer qu'ils ne sont pas malheureux !

— Ma foi, me dis-je en saluant ma concierge, ce n'est pas mon vieux docteur Pagès que j'irai voir demain ; c'est Marthe, cette pauvre Marthe.

Je me promettais de lui conter…

— Rien du tout, décidai-je.

À quoi bon, en effet, raviver sa douleur, si elle s'y habituait ?

Je me reprochais de n'avoir pas pris de ses nouvelles depuis trois mois.

Cette Marthe que Maurice avait tant aimée, je dois dire que je n'éprouvai jamais pour elle une sympathie sans mélange. La sagesse populaire affirme qu'un homme qui se marie est un ami perdu. Si j'approuvai que mon ami Maurice cherchât son bonheur où il croyait le trouver, je sentis que sa jeune femme, toute modeste au début de leur mariage, ne négligea rien pour m'éloigner peu à peu de sa maison. Mais que pouvait-elle craindre de moi ? N'avais-je pas encouragé Maurice quand il hésitait, au moment de sacrifier son indépendance ?

Au reste, il ne le lui avait pas caché.

— Tu sais, lui avait-il dit un jour devant moi, c'est à lui que nous devons notre bonheur. Avant de te rencontrer, j'étais un franc bohème, un sauvage. Comme la plupart des jeunes gens qui veulent se donner de grands airs, j'avais juré cent fois que je ne me marierais pas. Et j'étais sûr, moi, de tenir ma promesse, parce que je ne concevais pas que j'eusse rien de mieux à faire que de compulser jusqu'à ma mort mes vieilles paperasses, pour parler comme toi. Et j'estimais qu'une femme qui s'introduit dans un appartement plein de vieilles paperasses est une rivale terrible.

— Quant à lui, avait-il ajouté en me montrant, plus franc bohème encore que moi, il ne se contentait pas d'accumuler dans sa petite chambre de la rue d'Édimbourg les bouquins et les brochures qui l'intéressaient ; il apportait chez moi, pour moi, tout ce qu'il dénichait qui pût m'intéresser. Il travaillait, au moins avec autant d'ardeur que moi, à l'encombrement de mon bureau. C'est te dire qu'il était prêt à te considérer, dès que tu paraîtrais ici, comme une intruse.

J'avais protesté, bien entendu.

— Attends, coupa-t-il. Il faut dire la vérité, et on peut la dire, puisque l'arrivée de l'intruse a dompté d'un seul coup deux sauvages. Nos appréhensions communes, nos promesses d'indépendance, notre avenir rêvé, tout cela fonctionnait à vide. Jeunes, et par conséquent gonflés d'enthousiasme vert, nous étions comme sous une cloche pneumatique, nous vivions dans l'absolu. Tu comprends, petite Marthe, nous ne pouvions pas même imaginer qu'une petite Marthe, survenant à l'improviste, briserait la cloche de verre en riant et nous crierait : « Me voici, qui me veut ? »

C'est Marthe qui avait alors à son tour protesté, et très vivement. Il est en effet certain que, même sous forme de plaisanterie, Maurice n'avait pas le droit de supposer que lui et moi eussions eu à choisir.

N'importe. Marthe ne s'était point fâchée de l'injure gratuite que Maurice lui faisait par jeu. Elle avait eu seulement vers lui un regard de maîtresse et d'esclave à la fois qui aurait glacé mes illusions, si j'en avais eu. Mais ce regard était plus indécent qu'un baiser d'amour. Présent ou non, je ne comptais pas pour elle. Elle préférait cependant que je fusse présent le moins souvent possible. Elle avait d'adorables façons de dire à Maurice, lorsque je les quittais :

— Mais non, mon chéri, tu sais bien que demain nous dînons chez les Chose, et que tu dois louer des places à la Comédie-Française pour après-demain.

Amusantes excuses, qu'elle corrigeait parfois d'un :

— À moins que Georges ne veuille nous accompagner.

Mais elle savait bien que je ne vais jamais au théâtre. Maurice non plus n'y allait guère avant son mariage. Marthe lui en avait donné le goût.

Laissons ces jalousies de jeune femme qui veut tout pour elle celui qu'elle aime. Elles ne sont que preuves d'amour. Elles m'agaçaient un peu, selon les circonstances ; elles ne me blessaient pas. Je rentrais chez moi, où je ne devais trouver que mes vieilles paperasses sans rivale, et, quand il m'arrivait de me demander si j'aurais un jour la joie de rencontrer aussi une Marthe, je ne le souhaitais et ne le refusais que modérément.

Je ne l'ai pas encore rencontrée. Je n'ose pas dire trop haut que je le regrette. Je n'ose pas dire que je n'ai pas changé. Seule après tant de désordres et d'événements qui nous dépassent, ma chambre est toujours ce qu'elle était en ces temps déjà si lointains. Un peu plus encombrée de livres et de brochures, peut-être. Mais elle le sera sans doute de plus en plus, à mesure que je tâcherai de nourrir mon ignorance, dont l'anémie me semble avec l'âge de plus en plus profonde.

Est-ce parce que j'ai lu trop de livres que je veux qu'il y ait aussi de la logique dans la vie ? Et pour la même cause, que tout d'elle m'étonne et me charme et m'attire ? Ainsi de mon côté j'étonne les autres avec les découvertes qu'ils me laissent faire en eux. Ils m'objectent souvent : « Mais tous les Parisiens connaissent le Jardin des Tuileries ! » Je l'accorde par politesse. Qu'on me permette néanmoins d'y aller, pour moi, si je dois y prendre mon plaisir qui n'en est plus un pour les autres.

Le bonheur de Marthe et de Maurice, je consens qu'il n'émerveille pas tous ceux et toutes celles qui se sont aimés. Moi, j'ai tiré de leur bonheur des joies naïves. J'étais content que mon ami Maurice fût heureux et ne me cachât pas qu'il le fût. J'étais content qu'il le dût à cette petite Marthe, bien qu'elle se défiât de moi, qui lui représentais l'ennemi. Elle ne me fut jamais complètement sympathique, mais elle ne fit jamais rien pour l'être. Non, jamais, ni même depuis la mort de Maurice, alors que notre chagrin aurait dû nous rapprocher. Devant moi, elle avait toujours l'air de se tenir en garde. Je n'étais certes pas nécessaire à son bonheur, je ne pus jamais non plus en douter. Et je n'avais pas tant d'ambition. Il me suffisait qu'elle ne me fermât pas leur porte. Ils étaient heureux. Ils m'ont donné cette joie de contempler vivants deux êtres heureux, une femme et un homme heureux, l'un par l'autre, l'un pour l'autre. Je leur dois beaucoup, je leur dois beaucoup, même après tout ce que j'ai appris, même après tout ce que je sais.

Dans cette soirée de détresse que fut pour moi la soirée du 11 novembre 1923, je leur ai dû la joie amère de savourer rétrospectivement le goût de cet unique bonheur qu'ils n'eurent pas la tristesse d'épuiser parce qu'il leur fut arraché en pleine floraison. C'est beaucoup. C'est beaucoup. Tout le reste ne compte pas. Mais comme je voudrais pouvoir oublier tout le reste !

Les bons auteurs de romans évitent de parler de bonheur. Ils ont souci de ne pas blesser les lectrices, qui ont plus souvent rêvé que tenu l'éternelle chimère. Les femmes ne savent pas dissimuler qu'une amie heureuse est presque à leurs yeux une mauvaise amie. Les hommes sont plus adroits, mais ils ne sont pas meilleurs. La comédie a moins d'amateurs que la tragédie : c'est que le malheur d'autrui enchante le nôtre et nous console. Y a-t-il rien de plus édifiant qu'une messe de mariage ? L'envie couve sous les propos qu'échangent les invités ; et, même lorsque la calomnie ou la médisance font mine de se taire, on sent qu'une seule pensée domine dans tous les cœurs : « Pourvu qu'ils soient comme nous ! Pourvu qu'ils ne soient pas heureux ! » Une messe d'enterrement, au contraire, satisfait sans restriction tout le monde. Il n'y a lieu que de le constater.

Au long de cette veillée du 11 novembre 1923, où, dans ma chambre pleine de souvenirs, j'évoquai les heures claires de la vie de Maurice et de Marthe, je ne pus pas me défendre d'évoquer avec une complaisance plus atroce les heures de la catastrophe qui les anéantit, Marthe avait survécu, je ne sais comment. Mais est-ce vivre que de vivre sans espoir ? Et quant à Maurice, si sa mort hantait mes insomnies, il faut que je précise que ce n'est point uniquement parce qu'elle m'avait amputé d'un excellent ami ; il faut que je précise que c'est parce que je l'ai vue, et de façon effroyable. De pareilles images ne s'effacent pas de la mémoire d'un homme.

On vous a dit que les soldats pendant la guerre ont vu tomber tant de leurs camarades, que la mort finissait par avoir pour eux quelque chose de familier qui ne les étonnait plus. Je ne discuterai pas si l'on n'a pas exagéré l'héroïsme de ces pauvres soldats. Et d'ailleurs, si j'ai vu Maurice mort, je ne l'ai pas vu tomber.

Nous étions tous deux au même bataillon de chasseurs, le 21e, un de ceux qu'on supprima depuis l'armistice parce qu'il est expédient sans doute que les anciens combattants n'aient pas même la récompense de saluer un jour dans la rue la fourragère jaune de leur fanion qui passe. Maurice était sergent à la 3e compagnie ; j'étais sergent au PM^2, — le peloton de mitrailleuses N° 2 qu'on venait de créer au début de 1916. Cela au mois de mars, car jusqu'en février j'avais fait campagne à côté de Maurice, faveur obtenue par de hautes protections.

En février, on nous avait séparés, à cause de ce second peloton de mitrailleuses dont on nous dotait. La nouvelle unité s'était organisée vaille que vaille au milieu de nos déplacements inattendus. Nous avions reçu le matériel la veille d'un jour à marquer de blanc : celui où nous arriva l'ordre d'aller garder, pendant trois semaines, le Grand Quartier du général Joffre à Chantilly. Poste d'honneur. Trois semaines de repos nous étaient assurées, ce qui équivalait à trois semaines de brèves permissions possibles pour les Parisiens, sans préjudice des escapades vers la ville si proche.

Qui ne fut pas soldat comprendra mal le plaisir que nous eûmes à débarquer, engourdis et sales, par un matin froid, en gare de Senlis, pour gagner à pied le plus exquis et le plus envié des cantonnements. Février s'achevait, de mauvais bruits circulaient sur une attaque de Verdun, la route était blanche de neige, mais nous chantions, nous qui tournions le dos au front, conscients de n'avoir pas volé ces trois semaines de répit qu'on nous accordait. Nous avions fait Notre-Dame-de-Lorette, le Fond de Buval, les assauts de septembre, Souchez. À d'autres de faire Verdun. Nous savions au surplus qu'on nous destinait à l'offensive que le général Pétain préparait pour le printemps. Nous étions bien tranquilles, et sereins, et joyeux, et nous respirions à tous poumons l'air si léger qui soufflait vers nous de Chantilly.

Imprudents ! Après trois jours de garde au G. Q. G., on nous annonça :

— Le bataillon est relevé par des territoriaux. Nous remontons en ligne.

Le lendemain, on nous embarquait pour une destination inconnue, comme toujours.

— Verdun ? nous demandions-nous.

Mon peloton de mitrailleuses n'avait pas encore reçu ses chevaux. Les hommes, qui étaient presque tous des cavaliers versés dans l'infanterie, devaient tout transporter par eux-mêmes : pièces, caisses de bandes, et jusqu'au harnachement complet des bêtes que nous attendions. Pendant notre court séjour à Saint-Firmin, où mon peloton se trouvait logé alors que la 3ᵉ compagnie occupait Saint-Maximin, obligé que j'étais de connaître et d'éprouver le matériel et les hommes de ma section, je n'avais pas eu le temps de rejoindre Maurice, ni le loisir de m'échapper à Paris.

— Bah ! me dis-je, ni lui ni Marthe n'avait besoin de moi.

J'espérais le voir à la gare de Chantilly où eut lieu l'embarquement. Mais sa compagnie était partie par le premier train.

C'est bien sur Verdun qu'on nous dirigea. Près de Revigny, des artilleurs nous distribuèrent des morceaux d'aluminium, reste d'un zeppelin qu'ils avaient abattu. Des camions, toute une longue nuit, nous cahotèrent avant de nous déposer, sous un aigre soleil et dans un gâchis de boue pâle, près du fort de Regret. Là commencèrent nos peines. Nous n'avions toujours pas de chevaux, et il nous fallait transporter notre attirail à dos d'hommes. Je présumai bientôt que nous n'arriverions jamais aux péniches d'Haudainville, terme provisoire de notre calvaire.

À un tournant du petit chemin défoncé, fangeux et glissant où nous ahanions en désordre, j'entendis une voix sèche qui criait :

— Regardez-moi ce défilé de saligauds !

J'étais prêt à répliquer de verte manière.

— Votre nom, sergent ! me cria face à face l'homme que je n'avais pas encore aperçu.

Et je me nommai, saluant réglementairement, à un général qui me répondit :

— Vous aurez de mes nouvelles.

À la vérité, je n'en eus pas.

Mais quoi ! Vais-je égrener des souvenirs de guerre, comme un insupportable vétéran ? Je m'arrête, je m'arrête. Scrupuleux, je relatais simplement ici les tours et détours que firent mes pensées au long de cette veillée du 11 novembre 1923, parce que j'avais rencontré dans l'avenue de Wagram un homme à barbe blonde qui ressemblait un peu, très peu, mais un peu néanmoins, à mon ami Maurice mort sous Verdun, tout près de moi. Et puis ces détails ne sont peut-être pas tellement inutiles. Car je n'invente rien de l'histoire que je rapporte.

Il ne m'était jamais venu à l'esprit que je pourrais avoir un jour le rôle d'annoncer à Marthe la mort de Maurice. Pendant la guerre, on avait ainsi, sans motif, des quiétudes : si l'on prévoyait que tel camarade n'en reviendrait pas, il en était dont on se disait qu'ils s'en tireraient malgré tout. Pendant la guerre, en effet, la raison et l'intelligence, réduites à leur plus simple expression, — j'entends chez la plupart des hommes et je ne m'en excepte pas, — se contentaient de peu. Qui veut juger de cette période, en jugera mal, s'il ne donne point le pas aux puissances du sentiment.

Pour Maurice, je le lui avais déclaré dès le premier jour :

— Toi, tu reviendras, et tu le mérites, et tu dois revenir à cause de Marthe.

Il m'avait répondu en riant : — Je ne le mérite peut-être pas, mais je compte bien revenir quand même.

Je crois, à présent, que s'il quitta sa femme avec chagrin, il n'aurait pas accepté de ne point partir. J'avais cru, d'abord, que se déguisant un peu par fierté pour la première fois de sa vie devant moi, il cherchait à se grandir en me parlant des richesses morales qu'il attendait que les peuples dussent ramener d'une si grave épreuve.

— Nos petites complications quotidiennes vont s'évanouir, me disait-il. Les préjugés vont tomber, les politesses fondre, les âmes se révéler telles qu'elles sont.

Sa voix était émue. Il s'exaltait.

— Songe à cela, continuait-il. Nous verrons à nu des âmes humaines. Nous les verrons chacune en particulier, chacun de notre côté dans notre compagnie, dans notre section, dans notre escouade. Et après la guerre, songe au tableau nouveau qu'on pourra dresser non seulement de l'âme de notre peuple, que nous commencions à ne plus connaître, faute d'un moyen que voici, mais encore de l'âme des autres peuples, que nous ne connaissions pas du tout. Quelle merveilleuse promesse pour le philosophe qui saura voir !

J'aurais voulu me persuader que Maurice parlait alors sincèrement, qu'il ne me cachait pas des soucis moins généraux ou généreux, qu'il ne me cachait pas une émotion plus intime et plus vraie. J'aurais préféré moins de vertu, plus de faiblesse ; j'aurais mieux compris.

Par la suite, et la guerre s'allongeant, il s'était peu à peu défait de ce masque. Fort gai jadis, il était peu à peu devenu taciturne. Je comprenais mieux. Je comprenais. Je compris aussi qu'il en vînt à me prier de me taire lorsque, sur la paille de nos granges, dans les villages de l'arrière, j'essayais de l'entretenir de Marthe.

— Saleté de guerre ! grognaient nos compagnons d'infortune.

Et comme je comprenais leur faiblesse, qu'ils ne cachaient pas, de se mettre à l'écart pour lire les lettres qu'ils recevaient ! Quand les hommes de soupe nous apportaient en ligne le courrier, qu'on se disputait avant de s'inquiéter du menu du jour, Maurice, si j'étais près de lui, glissait discrètement dans sa poche l'enveloppe bleue de Marthe. Faisais-je mine de m'éloigner, il me retenait. Seul un ami parfait pouvait avoir de ces délicatesses. Et Maurice en avait tant que, presque jamais, je ne l'ai vu lire une lettre de sa femme. Là, je retrouvais mon ami d'autrefois : il avait rejeté cette exaltation héroïque des premiers jours de la guerre ; sans m'en rien abandonner, il me laissait compatir en silence à sa détresse. Et elle devait être profonde, pour qu'il n'eût pas le courage de s'en ouvrir devant moi, près de moi.

Quelle différence entre Maurice et Marthe ! Elle n'avait pas dissimulé, elle, le jour de la mobilisation. Elle n'avait pas cherché à se grandir. Amoureuse à qui la guerre enlevait son amant, elle pleura sans honte. Elle ne prononça pas de paroles qui eussent ébranlé Maurice, non, mais elle n'en prononça pas non plus pour l'affermir ; car les femmes, celles qui étaient sans enfant, n'eurent pas la pudeur tragique des mères, que la guerre prit aux entrailles. Mais quel élan n'eut-elle pas, la pauvre Marthe, pour jeter à Maurice ce dernier cri :

— Si tu meurs, j'en mourrai !

On lui enlevait plus que la vie, en effet : son amour. Et c'est un cri d'amour qu'elle poussait au moment où j'entraînai Maurice. J'en fus d'autant plus remué que, malgré tout ce que j'en avais pu pressentir, Marthe avait toujours su éviter de me laisser voir la violence de son amour. Et voilà bien pourquoi l'attitude un peu forcée de Maurice, aux mêmes heures, m'avait déconcerté. Mais que faut-il en conclure, sinon que le malheureux fut plus malheureux que je ne le soupçonnai d'abord ? Et qui oserait affirmer que Maurice souffrit moins que Marthe ?

À chacune de mes permissions, je ne manquais pas de passer chez Marthe, et plus d'une fois. Elle m'accueillait avec une cordialité qu'elle n'avait pas auparavant. Sans en être dupe d'ailleurs, je répondais à toutes les questions qu'elle me posait, et elle ne se lassait pas de m'en poser. Elle ne se lassait pas de me demander ce que faisait Maurice ; s'il s'exposait au danger sans raison impérieuse ; s'il prenait soin de sa gorge, qui était sensible ; quand il aurait sa permission ; où nous étions quand je l'avais quitté ; si l'on préparait une offensive ; si notre nouveau commandant de compagnie était bon pour Maurice ; que sais-je encore ? Il fallait lui relater par détail la vie que nous menions. Et toujours tout se ramenait à Maurice.

C'était naturel et c'était émouvant. Le silence taciturne de Maurice n'était certes pas moins émouvant, mais était-il aussi naturel ? N'importe. Chacun et chacune a sa façon d'aimer qui échappe au jugement d'autrui. Avec leurs façons différentes, Marthe et Maurice formaient un beau couple d'amants. La guerre leur imposait une souffrance de tous les jours. Une souffrance inavouable au demeurant. Parmi tant d'horreurs déchaînées, qu'était-ce que l'amour en peine d'un homme et d'une femme, qui n'avaient même pas d'enfant, qui n'étaient même pas pauvres, qui ne vivaient enfin pour personne que pour eux ? Que risquaient-ils ? Lui, de mourir ; mais combien d'autres mouraient ! Elle, de le perdre ; mais on sourit, car on sait bien que nul n'est indispensable ici-bas et qu'on ne meurt pas d'amour. Je n'ai rien à répondre à cela, que ceci : cette femme et cet homme souffraient à cause de la guerre, qui les séparait. Pour le reste du monde, ce n'est rien. Pour eux, c'était tout, et trop.

— Si tu meurs, j'en mourrai ! lui avait-elle dit.

Et elle disait vrai, même si elle n'avait pas résolu de se tuer.

Un homme est toujours empêché à parler sans impertinence d'une jeune fille ou d'une jeune femme. Aussi n'avais-je osé porter aucun jugement sur Marthe jeune fille ni sur Marthe jeune femme. Mais je n'avais pas à en porter. Nul ne sollicitait ma sentence. Maurice m'avait dit, un soir, à la fin d'une soirée d'indécisions :

— Je vais me marier.

Je ne m'y attendais pas.

— J'épouse Marthe, ajouta-t-il. Tu seras mon témoin ?

Et depuis lors, Marthe étant, sinon entre nous, du moins à côté de nous, Maurice ne m'avait vanté son bonheur que rarement, et chaque fois brièvement, et avec une discrétion où je croyais démêler un peu de charité à mon endroit. Les amis véritables sont ainsi : ils se content leurs bonnes fortunes, leurs aventures, les riens, mais l'amour est chapitre réservé. Les femmes l'ignorent, et elles séparent sans raison deux amis. J'ai déjà dit cependant que Marthe ne me fit pas perdre l'amitié de Maurice.

Après tout ce que je sais, je pourrais me poser en prophète et affirmer que j'ai connu d'emblée le caractère de Marthe. Je mentirais. Non, je n'ai rien deviné, rien prévu. Elle se gardait bien. Et il ne me plaisait pas de fouiller dans ses sentiments. Ils me semblaient très simples, comme elle-même. Elle était charmante, enjouée avec une pointe de réserve, et sérieuse sans affectation quand elle assistait à nos causeries. Il m'apparut souvent qu'elle cherchait à s'y intéresser pour que Maurice ne la crût pas incapable de nous y suivre. C'était preuve qu'elle désirait lui plaire. Maurice l'aimait. Avais-je besoin d'examiner, de peser ? Ils s'aimaient, cela me suffisait donc. Ils étaient heureux, puisque j'avais compris, en plus d'une occasion, que je les gênais. Et n'est-ce pas assez ?

Là-dessus la guerre tomba. Avec la guerre qui libéra tous les instincts, une Marthe moins secrète se montra sans honte, ou sans défiance, si l'on préfère. J'avais pu jusqu'alors la tenir une épouse aimante à qui mon ami devait un bonheur réel et sûr. Mais elle se découvrit comme une amoureuse au bonheur de qui mon ami Maurice était indispensable. Et voilà qui me ravit pour Maurice et qui m'expliqua, mieux qu'une confession dont un homme rougit toujours, que mon pauvre Maurice fût devenu de plus en plus taciturne, à mesure que la guerre s'allongeait.

— Pourquoi m'écrit-il des lettres si courtes ? m'avait demandé Marthe à ma dernière permission, un mois avant le coup de tonnerre de Verdun. Et je devais, une fois de plus, lui détailler l'emploi que faisait de son temps, en secteur calme ou au cantonnement, un sergent d'infanterie. Je devinais qu'elle m'écoutait avec l'envie et la crainte de me prendre en flagrant délit de contradiction, de mensonge. Sans me l'avouer, elle me laissait entendre qu'elle était inquiète et jalouse.

Il me revient à présent que Maurice eut un sourire douloureux quand, rentré au bataillon, j'essayai, avec les précautions nécessaires, de lui faire part de la joie que Marthe m'avait donnée en ne me dérobant ni son inquiétude ni son impatience. Il m'arrêta de ce geste familier des deux mains qui se lèvent comme un voile, puis, pour mieux me marquer qu'il se dérobait, lui, il m'annonça :

— L'adjudant est mort.

— L'adjudant ?

— Oui, le soir même de son retour de permission. Il s'est offert pour une patrouille à peu près désespérée.

— Il cherchait la médaille ? Pour satisfaire à l'orgueil de sa femme sans doute ?

— Non, il était rentré avant la fin de sa permission. On a su depuis, par une lettre trouvée dans sa vareuse, que sa femme le trompait et qu'il préférait ne pas souffrir plus longtemps, n'ayant plus personne pour qui désormais il pût désirer sortir vivant de la guerre.

— Pauvre diable ! murmurai-je.

Mais Maurice sourit encore douloureusement, et répliqua :

— Imbécile !

Je n'insistai pas. Les affaires sentimentales sont chose trop délicate. Avec les meilleures intentions, on risque de blesser, même par ricochet. Et d'ailleurs je n'attribuai pas à cet incident l'importance que je lui attribue aujourd'hui. Je pensai que Maurice était peut-être jaloux que j'eusse vu sa femme, pendant que lui continuait de patauger dans les boues de l'Artois. Il avait tort, mais mieux valait, estimais-je, ne pas nous attarder là-dessus. Et j'ai peut-être eu tort ainsi de mon côté. Mais ce qui est fait est fait. Pouvais-je tout présager ?

Sans aucune hésitation, j'aurais garanti que Maurice, lui, était aimé. Il ne m'aurait pas permis de le lui dire. C'est ma seule excuse. C'est aussi mon regret, hélas ! Avec plus de courage ou moins de pudeur, la nuance n'importe guère, j'aurais pu tourner le destin autrement. Mais je ne veux pas me vanter. Si je découvre aujourd'hui un sens à des détails dont l'intérêt m'avait échappé, je dois reconnaître que je fus aveugle, tant il est vrai qu'on peut vivre à côté d'un homme pendant des années sans rien savoir de lui que ce qu'il consent qu'on en sache.

Au moment de la catastrophe comme avant qu'elle éclatât sur Marthe et sur moi, et parce que nous concevons d'abord toutes choses en les grossissant pour les simplifier, le sort de mes amis m'apparaissait dans une antithèse très nette : le plus grand bonheur terrestre, et le malheur le plus grand ; le plus bel amour, et la fin la plus affreuse. Ceci écrasait cela. Et maintenant encore ceci écrase cela, mais d'une autre façon. Quoique je tente et quoique j'aie tenté de ranimer les cendres d'un amour et d'un bonheur dignes d'envie, il ne reste qu'un tas de cendres devant moi.

Si les écrivains romantiques ont abusé de l'antithèse, ils avaient du moins mis le doigt sur l'un des procédés les plus courants de la pensée humaine, qui est d'avancer par bonds grâce à d'inévitables contrastes. Toute idée ne se soutient que par une idée d'opposition qui la suscite ou la suit. Au long de cette veillée du 11 novembre 1923 où je m'attardai à de chers souvenirs, chaque image qui me revenait du bonheur de Marthe et de Maurice appelait, on l'a vu, une image plus sombre, et inversement, comme si j'avais donné le branle au fléau d'une idéale balance. Mais la moindre distraction que j'accordais aux souvenirs joyeux ou clairs, s'effaçait, prompte, et cédait la place au chagrin sans remède. Tout me ramenait toujours à la mort de Maurice.

Est-ce parce que je n'avais pas imaginé qu'il pût mourir ? Est-ce parce que je ne le vis pas mourir ? Pendant longtemps j'avais été incapable de me représenter ce que signifiaient ces deux mots : Maurice mort.

À Verdun, en effet, nous avions été séparés dès le début. Monté en ligne comme mitrailleur avec trois de nos compagnies, tandis que les trois autres demeuraient jusqu'à nouvel ordre dans le Bois des Hospices, je n'avais même pas pu savoir, après cinq jours de tranchée et de combats, si la compagnie de Maurice était engagée aussi. Cinq jours durant, nous avions été isolés du reste du monde. Des agents de liaison que nos officiers envoyaient vers l'arrière, pas un ne reparut. Les corvées de ravitaillement n'arrivaient pas jusqu'à nous. Nous servions de cible aux deux artilleries, car la nôtre, si elle existait, ignorait où nous nous épuisions. Après cinq jours de cet enfer et un nouveau combat, je me réveillai sous les coups de botte d'un infirmier allemand. J'étais prisonnier.

Maurice, lui, était mort. Une lettre de Marthe me l'apprît.

Blessé, il avait essayé de gagner le premier poste de secours. Il n'y était point parvenu.

Un mois plus tard, on avait retrouvé son cadavre déchiqueté près du fort de Souville. Quand Marthe m'écrivit ces détails, elle avait déjà reçu par la voie officielle, avec un acte de décès, le portefeuille, la montre, la bourse, le carnet, et l'une des deux plaques d'identité de Maurice, — une petite plaque en or qu'il tenait d'elle et qu'il portait en bracelet au poignet droit. C'étaient là des témoignages. Il fallait bien que je me rendisse à l'évidence. J'avais rencontré, heurté, déplacé, éloigné, voire sommairement enterré trop de cadavres de soldats, pour ne pas me représenter enfin le cadavre de Maurice, pareil à tel ou tel d'entre eux.

Déchiqueté, avait eu la force de m'écrire Marthe. Oui, je me représentais enfin le corps de mon ami foudroyé par un obus. Je savais, je savais. Mais que restait-il de lui ? Qu'avait épargné l'obus ? La tête ? Voilà que j'ai la force aussi d'écrire que j'essayai de me représenter la tête broyée de mon ami, la chère tête au front si haut, la tête… Ah ! je n'ai pas la force, je n'ai pas le courage de continuer.

Il faut pourtant que je continue. Je n'étais pas au bout de ma peine. Quand je revins d'Allemagne après l'armistice, une autre douleur m'attendait.

Marthe fut la première personne que je revis. Elle vint au-devant de moi, maigre dans sa robe noire, les yeux battus. Nous nous embrassâmes. Le visage sur mon épaule, elle pleurait. Et nous n'avions pas dit un seul mot. Rien.

Elle sanglotait. Je voulais dire quelque chose. Je ne pouvais pas. Sa douleur toute neuve, comme si la catastrophe n'eût été que de la veille, renouvelait la mienne, que deux ans de méditation m'avaient aidé à porter plus virilement que sur le coup. Combien de temps dura notre morne et fraternelle étreinte ? Je ne sais. Quelles paroles nous dénouèrent ? Je ne me le rappelle pas. Ce furent des paroles sans noblesse, des mots prononcés l'un après l'autre, ce ne furent pas des phrases.

— Partez ! me dit-elle soudain. Partez, vous reviendrez, je vous écrirai.

Elle avait raison. Dans l'état où je la revoyais après trois ans, il valait mieux pour moi la laisser s'accoutumer d'abord à l'idée de mon retour. Car elle dut penser, comme je le pensai, que mon retour n'était utile à personne, et que celui-là dont le retour eût fait au moins deux heureux, celui-là ne reviendrait pas, ne reviendrait jamais, jamais.

— Pauvre Marthe ! murmurais-je à part moi en sortant de chez elle, comme je l'ai murmuré plus tard en rentrant chez moi, ce soir du 11 novembre où j'ai aperçu, parmi les badauds de l'avenue de Wagram, un homme qui ressemblait un peu à mon ami Maurice.

Me tiendra-t-on naïf si je répète ici ce que je songeai alors : que, pour être pleuré par une femme comme Maurice le fut par Marthe devant moi, je n'aurais peut-être pas été le seul qui eût accepté de mourir, sans regret, en plein amour, en plein bonheur ?

Si Marthe se montra si faible dans la courte entrevue que j'eus avec elle à mon retour d'Allemagne, elle ne répéta jamais le geste spontané qui l'avait une fois jetée dans mes bras. Ce fut tout de suite comme si elle s'était refermée. Comme avant la guerre, il me sembla qu'elle se tenait toujours sur ses gardes en face de moi. Voulait-elle m'interdire ainsi de la consoler et de glisser peut-être à quelque sentiment plus tendre, trop tendre ? Il y a tant de femmes qui s'imaginent si vite qu'un homme ne pense qu'à l'occasion dont il profiterait ! Mais Marthe ne pouvait pas oublier, et je ne pouvais oublier non plus, qu'elle avait eu moins de réserve pendant la guerre, qu'elle s'était moins dissimulée devant moi, que j'avais vu naître, croître et s'épanouir son amour impatient. Aussi la retrouvai-je tout autre.

Je trouvai une femme grièvement blessée et qui, sans parler de sa blessure, ne paraissait pas souhaiter de guérison. Toute douleur le plus souvent à la longue s'atténue, s'assourdit, s'estompe. La sienne était probablement telle qu'au premier jour, aussi vive, aussi fière. Il y avait du farouche dans sa façon de la prolonger, de la maintenir. Où puisait-elle cette volonté qui lui laissait les yeux secs quand nous causions de Maurice ? L'héroïsme, le courage, que j'aurais plutôt attendu d'elle au moment de la mobilisation, alors qu'un enthousiasme tragique soulevait presque tous les Français, elle l'éprouva, elle, par un effet de retardement, lorsqu'elle aurait pu n'être qu'écrasée par son malheur.

J'avoue qu'elle m'étonnait un peu ; ma douleur avait moins d'éclat ; et pourtant qui affirmerait que j'eusse perdu moins qu'elle en perdant mon ami, le compagnon de mes travaux et le témoin de mes jeunes rêves ? Mais ne comparons pas. Je ne veux imputer cette ardeur de Marthe qu'à la révolte d'un amour insatisfait, d'un amour rompu à l'instant même qu'il prenait peut-être conscience de sa splendeur, ou, si l'on préfère, d'un amour suspendu au milieu de son élan.

Le fait est que, chez elle, Marthe vivait comme si Maurice n'était pas mort, comme s'il allait revenir d'un jour à l'autre. Le cabinet de Maurice, où pas un objet n'avait été dérangé, où les papiers qui encombraient la table demeuraient exactement tels que Maurice les avait laissés, c'est là qu'elle me recevait. Plus d'une fois, il m'est arrivé là, comme elle, d'oublier, et, si Maurice avait tout à coup ouvert la porte, je ne sais pas si j'en aurais été surpris. Malgré moi, peu à peu, je suivais Marthe dans son illusion.

Elle m'avait certes montré les reliques précieuses que les bureaux militaires lui avaient renvoyées : la montre, qui s'était arrêtée à 8 heures 10, le carnet maculé de boue, la petite plaque d'identité en or qu'il portait au poignet droit, la bourse avec quelques pièces d'argent et de nickel, et le portefeuille qui ne contenait qu'un billet de vingt francs, détail que Marthe acceptait avec un sourire sans méchanceté.

— Pourvu seulement que son indélicatesse ne porte pas malheur à ce malheureux ! disait-elle.

Car nous supposions que le portefeuille de Maurice aurait dû lui revenir avec deux billets de cent francs, ou trois même.

Comment pourra-t-on admettre qu'à manier des preuves pareilles que tout était bien fini, nous ayons pu, Marthe et moi, — elle tout ardente d'amour obstiné, moi gagné par son ardeur, — nourrir encore quelque illusion ? Mais je ne dis que la vérité, qui n'est pas toujours, comme on le sait, vraisemblable.

Il y eut mieux, qui ne suffit point à nous convaincre. Marthe, en effet, lorsque je lui fis part de mon désir de m'y rendre, décida de m'accompagner au cimetière du front où Maurice avait été officiellement inhumé. Rien n'était plus propre à fixer notre deuil. Comment Marthe en fut-elle émue ? Je l'ignore. Pour moi, dans ce vaste champ où s'alignaient innombrables de petites croix de bois peintes en blanc et ornées d'une grossière cocarde de zinc aux couleurs de la France, au milieu de tous ces tertres légers qui sentaient la terre remuée de frais, devant le tertre où nous avait conduits le gardien du cimetière, un jeune mutilé dont le pilon s'engluait dans la glaise des allées étroites, devant la petite croix blanche qui portait en noir le nom de Maurice, son grade, et le numéro de notre bataillon, je dus faire effort pour me représenter que mon ami gisait là-dessous, à mes pieds. Et Marthe ne dit rien pendant tout le retour, ni par la suite. Et je n'osai rien lui dire. Et nous nous rencontrâmes plusieurs fois sans qu'il fût jamais question entre nous de notre voyage. Elle continuait de me recevoir dans le cabinet de Maurice, où tout semblait toujours disposé pour le recevoir, comme jadis.

Un soir cependant, je crus bien que cette attente déprimante que Marthe nous créait, allait subir la plus dure épreuve, celle à quoi l'ardeur la plus vive ne peut résister.

Marthe me dit :

— Voilà que les familles sont autorisées à retirer leurs morts des cimetières du front. Je veux ramener Maurice dans le caveau des siens. Je n'ai plus que vous, vous viendrez avec moi ?

— Naturellement, répondis-je.

Mais j'aperçus aussitôt d'un trait toutes les conséquences de sa décision. Ce que nous ne pouvions pas admettre parce que nous ne l'avions pas vu, nous le verrions enfin. Nous verrions Maurice mort, et de quelle horrible façon ! Et quels moments nous préparait la pauvre Marthe !

Je voyais tout d'avance : notre départ en fourgon automobile avec le double cercueil obligatoire derrière nous, l'arrivée au petit tertre qu'on éventrerait, l'ouverture du cercueil fourni par l'État, le corps à reconnaître, et dans quel état serait-il ? Puis le transfert du cadavre au cercueil que nous aurions apporté, puis le départ pour le cimetière familial, le long voyage dans le fourgon avec le cadavre de Maurice derrière nous, son cadavre que nous aurions vu, le long voyage où tous les cahots de la route nous rappelleraient que Maurice était mort, que notre illusion avait été vaine, que notre certitude serait désormais inéluctable, le long voyage et l'arrivée au cimetière familial, la présence des prêtres en surplis, les prières, la descente du cercueil au fond du caveau, et notre départ, et la fin de toute espérance et le commencement d'une douleur trop certaine.

En vérité j'étais prêt à affronter l'épreuve, eût-elle menacé d'être cent fois plus cruelle. Mais pour Marthe, n'était-il pas sans nécessité qu'elle assistât à toutes les phases de l'atroce cérémonie ? Et ne suffisait-il pas qu'elle allât m'attendre au terme de ma mission, pour l'enterrement ?

— Non, répliqua-t-elle, je veux assister à tout.

— Marthe, je vous en prie. Vous ne savez pas ce que c'est. Moi qui sais

— Je veux savoir, fit-elle. Ne suis-je pas assez forte ?

— Marthe, je vous en prie. Rappelez-vous qu'on l'a trouvé…

— Déchiqueté ? Je veux le voir.

— Marthe !

— C'est mon droit, je suppose ? Et vous ne prétendrez pas encore à le garder toujours tout pour vous ?

Je ne lui avais jamais entendu cette voix de colère.

— Marthe, vous êtes méchante, je ne mérite pas…

— Moi non plus, coupa-t-elle, je ne mérite pas. J'irai avec vous.

Je m'inclinai.

Hélas ! ce que je prévoyais était au-dessous de ce qui fut.

L'amitié que j'avais pour Maurice ne craint pas de se rappeler toutes les offenses qu'elle eut à subir au cours de cette inoubliable journée. Mais une pudeur me bride, si j'ai besoin d'en écrire le décompte. Pour le reste, je suis prêt à dire tout ce que je sais, tout ce qui peut éclairer, si faiblement que ce soit, le drame que je rapporte ; mais pour ceci je demande la permission de choisir.

Ne voit-on pas déjà cette femme, la veuve, et cet homme, l'ami, un jour de décembre, sous un ciel pâle, au milieu de cette forêt de croix blanches toutes pareilles ? La campagne est couverte d'une mince gelée ; il souffle une bise sèche ; le gardien du cimetière, le jeune mutilé dont le pilon s'enfonce dans la terre molle, attendait les visiteurs. Deux soldats de corvée, deux enfants presque, se tiennent derrière lui. Le chauffeur et l'employé des pompes funèbres tirent du fourgon le lourd cercueil de chêne clair et l'amènent près de la tombe qu'on va ouvrir.

— Où est l'officier ? dit le chauffeur.

— Oh ! répond le gardien, vous pouvez commencer. Je suis averti, vos autorisations sont en règle. L'officier viendra tout à l'heure.

Les deux soldats de corvée ont ôté leur veste. À coups de pioche, ils attaquent le tertre. Par précaution je me suis placé derrière Marthe, qui regarde fixement le travail des pioches. Le chauffeur et l'employé des pompes funèbres dévissent le couvercle du cercueil dont la doublure de zinc capitonné soudain apparaît.

Le travail des pioches se ralentit. Doucement les deux soldats achèvent de déblayer : la tombe n'est pas profonde, ils touchent au bois.

Marthe a fait un pas en avant. Comme elle, j'ai vu que le cercueil n'est pas fermé : une planche, qui ne la recouvre pas en entier, est simplement posée sur la caisse oblongue.

J'ai pris le bras de Marthe, Elle s'est dégagée. Les deux soldats, ces deux enfants, enfilent des gants de toile imperméable. Avec un tact dont le souvenir me crève encore le cœur, ces deux gosses qui n'en sont pas à leur première corvée de ce genre, ces deux gosses qui apprennent là que la guerre est répugnante, ils se sont mis entre nous et la tombe, pour nous la masquer avant de soulever le dérisoire couvercle.

Marthe s'est penchée. Qu'ai-je vu ? De la terre et du drap bleu. Les deux enfants se baissent.

— D'abord la tête ! dit le gardien.

Un hoquet a répondu. Marthe chancelle. L'employé des pompes funèbres se précipite à mon secours. Elle est évanouie. Elle pèse dans mes bras. Mais j'ai vu l'un des deux enfants porter comme un trésor, entre ses mains gantées de toile et de terre, un crâne décharné vers le cercueil ouaté de satin.

Ensuite, je ne sais plus, je ne veux plus savoir. Je sentais que je fléchissais des genoux et que Marthe pesait démesurément dans mes bras. L'employé des pompes funèbres lui essuyait le front avec mon mouchoir. Je me raidissais pour ne m'occuper que d'elle. Mais j'entendais, derrière moi, les allées et venues des deux courageux enfants qui transportaient de la tombe au cercueil, où ils les disposaient avec soin, les morceaux du squelette de mon ami.

— Je te dis que c'est la jambe, affirmait à voix basse l'un des deux.

Cependant, Marthe ne se ranimait pas. L'employé des pompes funèbres me contait à mi-voix :

— La semaine dernière, en Champagne, j'ai mené une veuve qui avait un sacré cran. Ça, oui, pour du cran, elle en avait. Figurez-vous qu'on ouvre le cercueil, et elle annonce : « Ce n'est pas mon mari ». Vous parlez d'une surprise. Il y avait pourtant bien le nom de son mari sur la croix. Mais elle, elle avait envoyé une inscription en cuivre pour reconnaître le cercueil. Et le cercueil qu'on avait ouvert n'avait pas d'inscription. L'officier était embarrassé. « On s'est peut-être trompé en plantant la croix ? » dit la femme. Et elle demande qu'on ouvre la tombe à droite de celle-là. Eh bien ! on a ouvert quatre tombes avant de trouver la bonne.

J'abrège.

Marthe ne reprit ses sens qu'au moment où l'on vissait la dernière vis du cercueil de chêne. Elle regarda vers le fond du trou : il n'y restait que de la terre et un lambeau de drap bleu foncé. Je l'entraînai vers la route. Elle ne résista pas.

Nous étions prêts à repartir, le cercueil hissé dans le fourgon, quand une carriole survint au trot. Un sergent en descendit, qui arrivait trop tard pour représenter à la levée du corps l'officier responsable. Ce fut lui néanmoins qui me remit gauchement ce que j'aurais pu croire d'abord une pièce de monnaie souillée ramassée dans la boue, s'il ne m'avait dit :

— La plaque d'identité.

L'ayant à peine nettoyée, je reconnus la plaque réglementaire de Maurice.

Il n'est pas utile que j'aille plus loin. Marthe, prostrée à côté de moi dans le fourgon qui nous ramenait vers Paris, ne desserra pas les dents. Elle était pâle et frissonnante. Elle ne pleurait pas. Elle regardait droit devant elle. Et moi je me mordais les lèvres pour ne pas pleurer de tout mon cœur.

Je ne voudrais pas souligner l'horreur de cette journée de décembre 1920 qui me revient toute vive devant les yeux chaque fois que je pense à mon ami ; mais il faut que je dise que cette journée fut pour moi celle qui compta plus qu'aucune autre dans l'histoire de mon amitié. C'est de là que je date la mort de Maurice.

On s'étonnera peut-être que mon émotion ait pu être si profonde. Pendant la guerre, en effet, soldat combattant, j'ai vécu au milieu de tant de cadavres et tous plus ou moins hideux, que j'aurais dû supporter la vue du cadavre de mon ami ; certes, mais la mort prend en temps de paix une importance d'exception qu'elle n'a pas en temps de guerre pour ceux qui sont sous sa constante menace. Rien ne s'oublie si vite qu'un danger auquel on échappa. Deux ans après l'armistice du 11 Novembre 1918, je fus bouleversé de voir ce qui restait misérablement d'un être que j'avais connu plein de jeunesse, plein de force, plein d'intelligence, plein de bonheur. Et trois ans plus tard, le 11 Novembre 1923, dans la soirée de ce jour officiel où fut allumée pour la première fois sous l'Arc de Triomphe la flamme du Souvenir, j'étais encore bouleversé de revoir, comme si ç'eût été de la veille, le cimetière aux croix innombrables, le cercueil que nous avions apporté, la bière ouverte, et mon ami, mon grand ami, mon pauvre ami massacré.

Ce jour-là, j'avais enfin compris que Maurice était mort, qu'une autre vie commençait devant moi, une vie sans espoir, et que désormais j'étais seul au monde.

Seul, oui, j'en avais eu le pressentiment. Comme, la cérémonie achevée, je quittais Marthe chez elle, — une Marthe silencieuse, pâle, toute froide, — et lui demandais si je pourrais prendre de ses nouvelles le lendemain, elle m'annonça qu'elle partait sans délai pour le Midi. Je m'apprêtais à l'en dissuader. Elle ajouta d'un trait :

— J'ai besoin d'être seule, comprenez, mon ami, comprenez.

Et elle éclata en sanglots.

Mais toujours raidie et toujours sur la défensive, elle s'enfuyait dans sa chambre et s'y enfermait d'un tour de clef.

Comment pouvait-elle refuser de se laisser consoler par moi, et refuser de me consoler du même coup ? N'avais-je pas été le meilleur ami de celui qu'elle pleurait et le témoin de leurs belles années ? Comment pouvait-elle me cacher si mal sa haine ou ce que je tenais alors pour de la haine ? Étais-je vraiment si coupable de vivre, de survivre, moi inutile, quand Maurice était mort ?

En trois ans, je ne l'ai pas rencontrée plus de cinq ou six fois. Ou bien elle voyageait, me disait-elle ou me disait sa concierge, ou bien elle se trouvait à Paris lorsque j'étais obligé de m'en éloigner moi-même. J'avais essayé d'abord de lui écrire. Elle ne m'avait répondu que par des lettres trop correctes, et sans empressement. Je n'osais pas insister. Je respectais sa douleur, tout en la déplorant.

Combien de fois ne fus-je pas tenté de lui écrire ou de lui dire : « Marthe, Marthe, nous ne sommes plus que vous et moi. Parlez-moi de lui, laissez-moi vous parler de lui, parlez-moi de vous, soyez faible, pleurons ensemble. De pleurer soulage. Aidez-moi, je vous aiderai. Ayez pitié de nous ! » Mais en face d'elle je perdais mon assurance, et j'estimais lâche de lui écrire ce que je n'avais pas le courage de lui dire.

Au juste, il semblait qu'il y eût de la honte entre nous, ou tout au moins de la gêne, comme si je lui avais dérobé sans le vouloir un secret. Mais il me prenait envie aussi de lui dire : « Et qu'importe, Marthe, que je sache mieux que quiconque, et peut-être autant que vous-même, comme vous vous aimiez ? Est-ce un crime d'aimer et d'être aimée ? Est-ce un crime d'être tout pour un homme et qu'un homme soit tout pour vous ? J'admirais tant que vous fussiez heureux ! Je n'étais pas jaloux. » Cependant j'hésitais et je continuais à manquer d'audace. Je me promettais néanmoins de m'enhardir un jour ou l'autre, quand je sentirais qu'un peu d'apaisement aurait fait son œuvre sur le cœur meurtri de la malheureuse Marthe.

Après trois ans de remises successives que je me reprochais, j'étais au même point.

Voilà sans doute de bien longs commentaires autour d'un homme qui est rentré dans son petit appartement de célibataire avec l'esprit troublé parce qu'il a voulu assister à une cérémonie qui l'attrista, parce qu'il a cru reconnaître en un passant l'un de ses amis mort en 1916 à Verdun, et parce qu'une jolie femme lui sourit, qui paraissait heureuse. Je n'ai pourtant relaté ici que les plus frappantes des pensées qui m'occupèrent pendant cette grise veillée du 11 Novembre 1923.

La veillée fut plus longue que les commentaires que je viens d'en noter. Tout en effet chez moi me rappelle quelque chose de l'amitié que j'eus pour Maurice et que Maurice eut pour moi, et tout y sollicite ma mémoire docile. Cette lampe de mosquée turque qui pend au plafond, il me l'avait offerte en 1910 ; nous avions découvert ensemble ce dictionnaire hébreu-latin de Froben, qui s'enrichit de la signature du poète Philippe Desportes ; mais presque tous mes livres, et presque tous les siens, nous les avions découverts ensemble, au cours de nos promenades sur les quais ou de nos visites chez les bouquinistes. Sur ma table, je laisse religieusement un *Ingénu* de Jouaust, qu'il y avait posé la dernière fois qu'il vint dans la chambre qui me sert de cabinet de travail. Nos chers livres ! Maintenant j'en laisse un autre sur ma table, un autre qu'il n'a pas vu paraître, un autre que je laisse là, à côté de l'*Ingénu*, parce que je l'ouvris tout à coup sans raison, ce soir du 11 Novembre 1923, à une page de vers que je me mis à relire comme si je ne les avais pas lus encore. C'était à la page 62. Quelle coïncidence en cette nuit de souvenirs ! Ayant ouvert le livre au hasard, je lisais :

Le hasard a de ces dérisions qui ne signifient rien, qui ne prennent souvent un sens que plus tard, et qui déconcertent, du moins sur le moment. La vieille chanson d'amour qui me jetait au nez son parfum tout frais, comment ne m'eût-elle pas arrêté ?

Je m'étais déjà promis d'aller prendre des nouvelles de Marthe le lendemain. Je n'en avais pas depuis trois mois. Je décidai d'y aller sans faute et avec plus de courage que jusque-là. Je me flattais de réussir, car peu à peu, quant à moi, tant nous sommes entraînés malgré nous dans le courant de la vie, je m'habituais vaille que vaille à cette vie qu'était devenue la mienne sans Maurice.

54

DEUXIÈME PARTIE

Me soupçonnera-t-on de n'avoir donné tant d'importance à de si petits événements et au récit minutieux d'une soirée entre mes soirées que pour préparer un coup de théâtre ? Tout mon soin ne fut au contraire que d'échapper à ce soupçon. C'est que, parmi ces détails que j'ai rapportés et qui ne m'avertirent point, parce que je ne pouvais pas prévoir ce que le premier venu peut maintenant prévoir, j'ai choisi et classé ceux qui doivent éclairer. Si je fus surpris, moi qui conte cette histoire, je crois que nul ne le sera. Je n'ai pas développé ces longs souvenirs pour le plaisir de mener le lecteur au fond d'une impasse. Ou bien, trop ému, je n'aurai pas su être assez habile, et l'on criera d'abord à l'invraisemblance.

Mais on l'a deviné : le 12 Novembre 1923, je n'allai pas chez Marthe, comme je m'étais promis d'y aller.

Je n'y allai point, car il se produisit pour moi, le 12 novembre, un coup de surprise. On l'a deviné : je revis l'homme à la barbe blonde que j'avais vu, la veille, écoutant près de moi les chanteurs de l'avenue de Wagram. Et je le revis, non point par hasard, mais parce qu'il vint me trouver chez moi.

Et il n'eut pas besoin de me faire étalage de preuves et de preuves. Toutes les objections qui m'auraient retenu fondirent d'un seul coup. Cet homme, en qui j'avais cru, la veille, reconnaître mon ami Maurice, je lui tendis les mains aussitôt : il était en effet, on l'a deviné, mon ami Maurice.

Comment ? Pourquoi ? Trop de questions me montaient aux lèvres. Je répétais seulement, stupide :

— Toi ! Toi ! Pas possible !

Et d'autres lambeaux de phrases sans ordre qui appelaient trop de réponses.

Dans notre émotion, nous ne parvenions ni à interroger ni à expliquer. Il nous a fallu plus de temps que je n'en prends ici pour nous habituer à l'impossible situation que le retour impossible de Maurice créait.

Une joie inespérée me serrait à la gorge. Je tenais Maurice par les mains, je le regardais.

— Toi ! toi ! disais-je.

Il était à Paris depuis la veille.

— D'où viens-tu ? D'Allemagne ? Ils t'avaient gardé au secret comme ils en gardent encore sans doute ?

Il eut un geste vague qui éloignait mes hypothèses.

— Je te dirai, fit-il.

J'attendais une confession chargée. Et je prononçais déjà le nom de Marthe.

— Marthe…

Mais Maurice eut un autre geste qui m'arrêta.

— Je te dirai, fit-il encore.

À procéder ainsi par demandes hâtives, je risquais évidemment d'embrouiller les explications de Maurice. Mieux valait, puisque le moment de stupeur était passé, laisser parler Maurice à loisir.

Il restait debout au milieu de ma chambre, les mains dans les poches de son manteau, les yeux fixés sur moi comme s'il voulait s'assurer que mon amitié de jadis était toujours pareille, et il me semblait plus embarrassé qu'à l'instant où il s'était présenté devant moi.

Il regardait aussi autour de lui. Il constatait que rien n'avait changé de place dans ma chambre. Il en tirait peut-être plus d'embarras. Je pensais bien qu'il avait des choses extraordinaires à me révéler. De me les révéler là, dans cette chambre tranquille, où la vie avait un air d'immobilité qui déjouait toute aventure, je comprenais qu'il hésitât. Plus qu'un ami, il venait de retrouver chez moi tout son passé, tout notre passé commun d'avant la guerre.

— Tu n'ôtes pas ton manteau ? lui dis-je.

Il s'installa sur le divan, non pas en s'y allongeant tout de suite comme il faisait autrefois, mais peu à peu, en s'asseyant puis en s'étendant. Alors, et parce qu'il retrouvait ses vieilles habitudes, il prit une cigarette dans la boîte où il en avait toujours pris. Et alors je le reconnus tel que je l'avais toujours connu. Malgré sa barbe, qui ne m'était pas encore familière, je retrouvais ses gestes, ses tics, son amitié de nos causeries d'autrefois. Mais était-ce vraiment le même homme que je retrouvais ? De quelle aventure sortait-il ?

J'étais curieux de l'apprendre, curieux de tout savoir. Il m'avait, dès ses premières paroles, promis de me dire tout. Il s'exécuta sans difficulté, sinon sans fièvre. Mais je ne veux plus que transcrire, le plus exactement possible, ce qu'il me révéla. Et je m'abstiendrai de commenter, comme je m'abstins de l'interrompre, ou peu s'en faut.

— « Par où commencer ? dit enfin Maurice. Tout est si compliqué, et si simple néanmoins ! C'est pour simplifier que je te prie de ne pas me poser de questions. Je les prévois toutes d'ailleurs. J'y répondrai, sois sans crainte. Je n'ai rien à te cacher. Si je suis revenu, si tu me revois, sois persuadé que je l'ai voulu. Je ne te cacherai donc rien.

» Mon histoire, s'il y a histoire, est à la fois absurde et sinistre. Absurde, parce que je me suis lancé dans une aventure sans issue avec une ardeur que toi seul peux comprendre, puisque tu sais à quel point la guerre que nous menions nous enivra, dans les deux sens du mot, nous qui n'en sommes pas morts. Oui, absurde, mon histoire l'est, car j'avais tant d'autres façons d'en sortir ! Mais je n'ai pas réfléchi. Le coup de Verdun m'a détraqué, c'est certain. De pareils événements rendent fou, en grand comme en petit ! Tu le sais. Et puis je ne te demande pas de m'absoudre. Tu étais mon ami, tu es mon ami, et, quoi que j'aie pu faire et quoi que j'eusse pu faire, tu refuserais de me juger et je suis sûr que tu ne me reprocheras rien.

» Rien ? Si. Tu me reprocheras de t'avoir laissé si longtemps sans nouvelles. Tu me reprocheras d'avoir joué pour toi cette atroce comédie. Oui, mais tu ne savais rien, et, quand tu sauras tout, tu sauras aussi que, lancé dans cette aventure, je ne pouvais plus ne pas la conduire, ou plutôt me laisser conduire jusqu'au bout. Je fus du reste aidé par les événements. Ne m'interromps pas, je t'en prie.

» Verdun ? Au moment de Verdun, je n'en pouvais plus. J'aurais commis n'importe quelle sottise avec plaisir. J'y serais mort avec plaisir. Avec plaisir, tu m'entends ? Tu m'entends, mais tu ne comprends pas. Ah ! comment pourrais-tu comprendre ? Tu ne savais rien. Tu ne sais rien. Il faut que je reprenne de plus haut, de très haut, du jour où… Hélas, mon ami, il faut que je reprenne du jour où notre amitié ne fut plus ce qu'elle avait été.

» Tu as nommé Marthe tout à l'heure. Le jour où je l'ai connue, ma vie s'est décidée. Ma vie et la tienne, ne dis pas non ! Depuis ce jour, il y eut entre toi et moi un secret, un secret de plus en plus profond. Tu l'as respecté, toi, tu fus meilleur que moi-même et plus digne. Ton amitié se maintint au plus haut point. Moi, je m'accrochai de plus en plus à ce secret, et j'eus tort. Je n'éprouve aucune honte à te le déclarer.

» On parle de l'amour ? L'amour, oui. Tu l'ignorais, comme je l'ignorais. Tu l'ignores peut-être encore. Je souhaite que tu continues de l'ignorer. Il avilit, il envoûte, il écrase, il désagrège, il humilie, il ronge, il dissout. Cherche les termes les plus forts, n'aie pas peur des superlatifs, tu ne dépasseras pas la mesure. Évidemment, un homme doit être un homme. En principe et dans l'abstrait, rien de plus noble. Et l'amour n'excuse rien, je l'accorde, mais il explique à peu près tout. Nous chantions au bataillon une chanson assez brutale qui affirmait cette vérité de tout repos que, sans les femmes, nous serions tous des frères. Rappelle-toi comme nos camarades mettaient de la sauvagerie à marteler ce déplorable refrain ! Les moins grossiers semblaient y trouver une vengeance. Étaient-ils donc tous si malheureux, ou sur le moment ou par le souvenir ?

» Te voilà bien étonné, mon ami. Tu n'aurais jamais cru que ton ami Maurice ne fût pas le plus heureux des hommes, n'est-ce pas ? le plus heureux des maris, le plus heureux des amants ? Je te le dis, je te le répète, tu ne savais pas. Tu vivais à côté de nous, en marge de nous plutôt, sans rien discerner de notre vie. C'est ma faute, je l'avoue. J'aurais dû ne pas fuir ton amitié, ne pas me détacher de toi.

» Mais je ne dois pas exagérer non plus. Si j'ai d'abord gardé pour moi le délicieux secret de mon bonheur tout nouveau, je l'ai gardé surtout pour ne pas t'en éclabousser.

Notre jeunesse studieuse, que nous considérions ensemble comme éternelle, — quand on est jeune on a de ces illusions, — je fus le premier à m'en échapper. Certes, cela se fit malgré moi, à mon insu si tu préfères. J'avais rencontré Marthe. Du coup, l'amour m'était découvert. Un monde insoupçonné s'ouvrait à mes yeux et à mon ardeur stupéfaite. Nos études, nos papiers, nos fiches, nos bouquins, tout ce qui nous semblait uniquement désirable et satisfaisant, tout m'apparut d'une vanité mortelle. Tant de poussière remuée me déconcerta. Mais parce que je croyais avoir mis la main sur une clef magique et sur la vérité, ou sur ce que je pris alors pour la vérité, devais-je te décourager, toi, qui n'avais pas rencontré une Marthe, toi qui ne tenais encore l'amour qu'un objet de discussions morales ou psychologiques, bonnes en soi, mais sans fondement peut-être ? Ne devais-je pas me taire et te laisser tes illusions ? N'était-ce pas assez que tu pusses souffrir d'avoir à poursuivre seul certaines recherches où nous nous étions ensemble engagés ? N'était-ce pas assez que tu pusses souffrir d'apercevoir par toi-même ce qui chaque jour nous sépara davantage ?

» Tu ne m'aurais pas perdu, je ne me serais pas perdu, si je m'étais entiché d'une femme d'expérience, d'une amoureuse, car j'aurais pu me ressaisir plus vite et plus facilement. Ainsi tu comprendrais et j'aurais compris ma défaite. Une rouée m'aurait vaincu sans peine. Et moi comme toi. Des garçons qui ne vivent que dans l'absolu, même s'ils ne sont pas ignorants des réalités de l'amour, ils sont à la merci de la première passion qu'on leur impose. Le cas serait banal. Mais tel ne fut pas le mien.

» Marthe n'était qu'une jeune fille, toute naïve, toute simple, toute franche. Une jeune fille, nous pensions tous deux, par préjugé, que cela n'existe que dans les romans de René Boylesve. Or, Marthe, jeune fille, venait vers moi avec sympathie. Rien de plus, apparemment. Il n'en fallait pas plus pour me soulever d'enthousiasme. En tirai-je de l'orgueil, comme tous les hommes en pareille occurrence ? Là n'est pas la question. Mais il est certain qu'à me sentir le maître responsable de cette jeune fille sans défense qui attendait de moi son bonheur, je découvris plus vivement pour mon propre compte la joie d'aimer.

» Il me répugne de te donner des précisions. Je ne t'en donnerai pas. L'important est que tu conçoives dans quel état d'allégresse j'ai passé les semaines de nos fiançailles et les premiers temps de mon mariage.

» Excuse-moi, si j'osai renier alors l'idéal sévère de notre amitié. Une jeune fille qu'on aime et dont on se croit aimé, tu ne te représentes pas très bien comme elle transforme celui que sans malice elle s'attacha. En se remettant à lui, elle l'oblige. Moi qui aimai Marthe dès que je la vis, songe de quelle façon je l'aimai quand j'éprouvai, non seulement qu'elle était prête à m'aimer, mais qu'elle m'aimait !

» Je crains, mon ami, de t'offusquer. Tu t'étais fait sans doute de mon bonheur de jeune marié une idée suffisamment décourageante. Mais toute ma vie a dépendu de ces heures de béatitude. C'est le seul terme qui convienne ici, et je ne veux pas te passer sous silence, malgré mon envie, ces heures uniques où j'eus conscience d'être un autre homme.

» Rassure-toi. Si je m'attardais sur ce chapitre, ce ne serait que pour prolonger par des regrets stériles le souvenir de ces heures trop brèves. À quoi bon ? Elles furent ce qu'elles furent, je ne les ravalerai pas, je serais ingrat. Elles furent belles, donc elles ne durèrent point.

» Tu me regardes ? Tu croyais qu'elles avaient duré ? Tu croyais que j'avais été longtemps heureux ? toujours ? jusqu'au moment où je disparus tout à coup en pleins troubles de Verdun ? Tu te trompais, mon ami. Tu te trompes. Heureux, je le fus, je ne le nie pas. Mais longtemps, non. Tu n'avais rien remarqué, naturellement. Comme je t'avais dissimulé mon bonheur, je t'ai dissimulé le reste. Tu ne connais que la fin du drame, la fin que je lui ai voulue. Elle n'est pas irréprochable, je te l'accorde. On la jugerait cruellement si on la connaissait. Mais toi seul la connais aujourd'hui. Toi et moi. Autant dire personne, ou une seule et même personne si tu préfères, n'est-il pas vrai ? Et tu devines que mon bonheur fut bien précaire, pour que j'en vinsse à cette extrémité de disparaître, de quelque manière que ce fût.

» Tu brûles de me demander quel fut le crime de Marthe. Attends un peu. Sache pourtant sans délai que Marthe ne fut coupable en rien. Est-ce ma faute alors ? Je n'ose dire ni oui ni non, ou je devrais dire oui et non. En gros, je le confesse devant toi, mon ami, tout bien pesé, tout bien considéré, je m'étais embarqué dans une aventure trop grande pour moi. J'usai, probablement, toutes mes forces dès le début. Je tins tête avec avantage à la première flamme. Fut-elle trop haute ? Me consuma-t-elle aussitôt ? Je n'en disputerai pas.

» À la vérité, je doute qu'un homme ordinaire, n'importe lequel, toi ou moi, puisse résister mieux que je ne résistai. L'amour aussi a sa cime. Quand on y est parvenu, on n'a plus qu'à redescendre : ne demeure pas qui veut sur la cime, qui n'est qu'un point géométrique tout idéal. Tant pis pour toi si tu parviens à la cime avant que ta compagne ait eu le temps de te suivre. Elle y arrive à son tour. Mais toi, où es-tu déjà ?

» Ne crois pas qu'avec de telles considérations, qui ne sont pas d'une originalité exagérée, je m'éloigne de ce qui t'intéresse. Tu avais un ami. Il disparaît en 1916. Tu le tiens mort. Tout le monde le tient mort. En 1923, brusquement, il reparaît, et, au lieu de t'expliquer par quel mystère il reparaît, il te parle de son mariage et se guinde à des propos vaguement philosophiques. Oui, le mystère de ma disparition n'est pas un mystère : en trois mots, tu serais au fait. C'est sans importance. L'essentiel est que tu saches pourquoi j'ai voulu disparaître. Et passe-moi ce que tu as pu prendre pour une digression : en me retrouvant chez toi, je me retrouve rajeuni de dix ans, et je cédais à notre chère manie de bavardage d'autrefois. Écoute. Je vais te raconter tout.

» Tu étais sûr que j'étais heureux.

Bien. Je ne t'avais jamais rien dit. À tort ou à raison, n'importe. Maintenant je te dis que j'ai voulu disparaître parce que je n'étais pas heureux, ou parce que j'étais malheureux. Bien. Tout le mystère du drame gît là. Et il n'est pas très compliqué. Tu le mettras, si tu veux, sur le compte de ma faiblesse, tu jugeras peut-être que je fus lâche. Je te répète : n'importe. Je ne te demande pour l'instant que de comprendre.

» Tu connais l'histoire de l'Apprenti Sorcier ? C'est la mienne, mon pauvre ami. Très exactement. Tu ne comprends pas ? Il faut donc que je te donne de ces précisions qu'il me répugnait tout à l'heure de donner ? Il faut cependant que tu les entendes sans que j'insiste. J'éprouve une honte difficile au moment de te dévoiler le secret de ma vie conjugale.

» À Sparte, tu le sais comme moi, il fut un temps que l'on enfermait les jeunes hommes et les jeunes filles dans une salle obscure où, au hasard, chaque jeune homme devait s'emparer d'une jeune fille pour l'épouser. Entre ces mariages d'allure symbolique et les mariages de notre époque, et de toutes les époques, il n'y a pas de différence sensible. Le bon sens populaire affirme que le mariage est une loterie. Heureux, dit-on, qui emmène dans sa maison une vraie jeune fille. Alors je fus heureux. Mais la connaissais-je, cette adorable Marthe à qui je dus de découvrir l'amour ? En le lui découvrant de mon côté, je jouais avec des puissances terribles.

» J'ai aimé Marthe entièrement, je n'ai pas honte de t'en faire l'aveu. Et mon ardeur fut d'autant plus vive que mon orgueil d'homme triomphait. Conquérir une âme neuve procure des voluptés incomparables. Mais une conquête a toujours ses limites. Toujours. Quel est le cancre qui ne se rappelle pas comment on dit en latin qu'un vainqueur est souvent conquis par le vaincu ? Je préfère ne pas te dissimuler plus longtemps que ma victoire fut assez piteuse.

» Marthe, en effet, éveillée par moi, eut vite rattrapé son maître, qui n'était pas un maître de premier ordre. Te dirai-je que j'en savourai davantage ma victoire ? Tu n'en doutes pas. Timidités qui cèdent, assurance naissante, voilà des joies sans prix dont je me délectai. Sentir que la femme que tu aimes finit par s'accoutumer puis par s'attacher à toi, conçois-tu que tu puisses résister à cette ivresse ?

» Tu me regardes, tu es étonné que ce soit moi qui te parle ainsi, moi qui me perde en de tels enfantillages. Mais l'amour, sauf pour le couple qu'il enchante, a bien d'autres puérilités. Ceux qui aiment ne s'en aperçoivent pas, et d'ailleurs ils s'en soucieraient peu. Seul un amant qui eut quelque peine à s'imposer, comprendra que j'aie pu m'estimer le plus heureux des hommes le jour où je sentis Marthe enfin éprise.

» Comment te représenterais-tu le sourire satisfait qu'elle eut, lorsque je lui fis une petite scène de jalousie pour la première fois ? Rien ne flatte davantage une jeune femme qui n'a pas encore conscience de tout son empire. Et l'on s'en rend compte assez vite, car la jeune femme, flattée, et qui prend peu à peu goût à l'épreuve, ne tarde pas à susciter de nouvelles scènes de jalousie. Ce n'est que jeu, et jeu d'enfant, comme je te le disais tout à l'heure. Mais c'est un jeu qui risque de devenir dangereux. Certains hommes s'y rebutent.

» Je m'empresse d'ajouter que je n'eus pas le loisir de remarquer la coquetterie de Marthe : je ne l'aurais plus aimée. Marthe cependant évoluait, s'assurait, devenait amoureuse. Jusqu'alors, elle ne m'avait apparemment que supporté, malgré toute sa gentillesse. Je n'ai pas la prétention de l'avoir subjuguée du jour au lendemain. Elle s'éleva vers moi de degré en degré. Ces amours ne sont pas les moins durables, ni les moins solides.

» J'accuse peut-être à tort Marthe d'avoir fait la coquette avec moi pour tenir en haleine ma jalousie. Mais d'où vient que, renonçant en somme au beau rôle, elle se déclara soudain jalouse à son tour ? Tu me répondras qu'elle m'aimait, que dès lors j'en possédais la certitude, et que ma victoire était complète. À mon tour, je pouvais et je devais être flatté. Mon amour et mon amour-propre recevaient une belle récompense. Nous étions tous deux sur le même plan, au même point. Nous formions un couple parfait, le couple parfait. Et tu vas prononcer le mot de bonheur.

» Tout le monde parle de bonheur en pareil cas. Pour la plupart des hommes, en effet, qui sont loin de pouvoir se flatter à l'heure de leur mort d'avoir créé quelque chose, c'est dans le domaine de l'amour qu'ils ont l'illusion de créer. Laissons de côté, veux-tu, la question des enfants ?

Employer ici le verbe *créer* serait abusif, j'entends toujours pour la plupart des hommes, à qui suffit largement le verbe *faire*. Laissons donc les enfants.

» L'homme a surtout le désir et l'illusion de créer en face de la femme de sa vie. Il n'en est pas un qui accepte d'aimer une femme telle qu'elle est. Il nous faut une femme telle que nous la rêvons, telle que nous la voulons. Que pour nous plaire elle cherche à se transformer selon notre désir, à se renoncer, cela nous paraît tout naturel. Notre fatuité virile n'a pas de bornes. Si elle réussît, si la femme devient telle que nous la souhaitions, — et il ne nous soucie guère sur le moment des conséquences possibles de notre désir, — nous nous croyons aimés et nous parlons de bonheur. Nous avons créé notre bonheur.

» Trop de romances ont bercé de rimes inévitables et de déprimantes mélodies le sang-froid des plus sages d'entre nous. Quand l'amour chante, et on ne peut pas dire autrement, car il chante, c'est triste mais c'est vrai, nous ne valons pas mieux que notre voisin. L'éducation, le rang, la fortune, l'intelligence, ne nous y attardons pas : ce ne sont que facteurs secondaires qui n'introduisent en amour que des nuances. Gratte la croûte, tu trouveras toujours le même homme : il n'est pas toujours digne d'admiration. Mais je reviens à Marthe.

» Marthe donc, après les premières semaines dont je refuse de te dévoiler rien de plus, elle m'avait rejoint où je l'entraînais. Elle sentait qu'elle était tout pour moi. Elle le savait, et que je voulais que je fusse tout pour elle. J'avais joué gros jeu.

» Tu connais comme moi que, déjà, avant la guerre, à l'imitation de tel et tel peuple étranger qui se croit plus civilisé que nous, un laisser-aller assez imprudent s'était glissé dans nos mœurs. Depuis, j'ai vu les étrangers chez eux, et je t'affirme que tous, je dis bien, tous, doivent s'incliner devant la vertu trop calomniée des femmes de notre pays. Mais, entre nous, nous pouvons nous l'avouer : nos femmes et nos jeunes filles ont, avec le XXe siècle, affecté des allures qui sont inquiétantes si l'on ne s'en tient qu'aux apparences. Certaines ont crié trop haut : « Liberté, égalité, fraternité ». Cette formule politique, appliquée inconsidérément en amour, causa quelque désarroi. Parmi les hommes, ce n'est pas étonnant. Parmi les femmes, ce fut plus grave. Elles furent surprises. Toutes n'approuvaient pas. Mais la crainte d'être une exception, cette éternelle crainte de ne pas être comme tout le monde, amena des extravagances. Bref, nous n'avions peut-être même pas besoin que la guerre vînt donner le coup de grâce, du moins pour un temps, car rien n'est durable ici-bas, à nos vieilles traditions féminines prêtes à s'évanouir. Et, bref encore, je ne t'apprends pas que dans certains milieux, il était et il est bienséant de sourire, quand on évoque par exemple cette lune défunte : la fidélité.

» Note qu'en d'autres matières, la fidélité demeure respectable : on exige qu'un homme soit fidèle à sa patrie, à sa maison de commerce, à son patron ou à ses employés, voire à sa signature. Il n'y a qu'à son amour qu'un homme ou une femme a le droit de n'être pas fidèle. La loi l'y autorise, l'y aide : le divorce en est une preuve. Je sais que la question du divorce est plus complexe, mais passons. Je tenais seulement à situer ma petite aventure personnelle dans le cadre et l'atmosphère, comme on dit, qui furent les siens.

» J'arrivais au mariage, moi, avec de la candeur, ou de l'audace, à ta guise. Malgré les exemples fâcheux que j'avais autour de moi, je prétendais me créer un amour et un ménage de vieille lune : je voulais que ma femme fût tout et toute pour moi, et que je fusse aussi tout et tout pour elle. C'était, je l'accorde, à la fois ambitieux et naïf, c'était balançoire, c'était coco, c'était… comment dit-on encore ? Mais c'était ce que je voulais.

» Ainsi la moitié du programme, celle qui me concerne, était d'emblée obtenue. Il ne me restait qu'à forcer ou simplement qu'à mériter l'adhésion de Marthe. Modestie mise à part, j'ai dû t'avouer que je fus heureux. J'eus un jour la joie de découvrir que, si j'étais jaloux, Marthe se révélait à son tour jalouse. Les premières heures d'éblouissement écoulées, elle prit conscience de l'amour, et du danger qu'elle avait peut-être couru en n'en prenant pas conscience plus tôt. Je n'avais plus rien à désirer.

» Ai-je parlé trop vite ? Tu ne peux pas comprendre. Tu ne me vois qu'à mon heure la plus belle. Mais je viens de t'ouvrir toute grande la porte du banal mystère. Il n'y a qu'un instant, je reprochais à Marthe sa coquetterie. C'était du bout des lèvres, pour la commodité du discours. Car je ne lui reproche rien, si j'ai dû jadis la fuir, exaspéré, à bout de force. Je pense aujourd'hui que moi seul fus coupable. Tu l'aurais été, tu le serais comme moi. Tu le seras peut-être, même après mon expérience, qui ne t'instruira pas. Quand on n'a plus rien à désirer, il est rare qu'on ne soit pas à deux doigts du dégoût.

» Je vais trop loin et trop vite aussi. Ce dégoût, que je te dénonce avec si peu de précautions, je n'y suis arrivé que lentement, insensiblement presque. La vie quotidienne, pour qui eut la sottise ou l'imprudence de la rêver exceptionnelle, on dirait qu'elle sécrète un poison sournois qui la ronge sans qu'on s'en doute. Il serait vain de se retrancher derrière la fatalité, ou de s'égarer dans des considérations pessimistes. N'employons pas des mots démesurés, veux-tu ? Nous sommes trop gourmands, voilà tout, mais nous le sommes. De là viennent nos déceptions. Il est vrai que, si nous avions des désirs plus modestes, la vie nous paraîtrait sans prix. N'épiloguons pas, je n'en finirais plus. Mettons que je fus trop gourmand quant à moi, et que j'eus, tolère l'expression, plus d'appétit que d'estomac.

» Marthe s'était révélée jalouse. Je trouvai d'abord cela charmant. Je pris la chose en badinage. Marthe en effet n'avait aucune raison de se défier ou de me soupçonner. Depuis que je la connaissais, je t'affirme que je n'avais plus d'yeux que pour elle. Les autres femmes étaient autour de moi comme si elles n'existaient pas. Je pouvais les regarder, je ne les voyais point. Je te le dis et tu me crois. Marthe, elle, ne me crut pas. Elle, pareillement, d'abord, elle badinait, manœuvre naïve d'une jeune femme heureuse qui se plaît à soupeser son bonheur. Je t'épargne la comparaison de l'enfant qui s'émerveille devant un jouet nouveau. Elle serait fausse. Marthe, ayant découvert l'amour, cessait du même coup d'être une enfant.

» Quoiqu'il en soit, Marthe, d'abord jalouse de façon délicieuse, le devint sérieusement, toujours sans motif. Si j'en fus d'abord touché, je ne tardai pas à en éprouver une espèce d'agacement. Je te l'avoue sans ambages. On supporte mal d'être suspecté quand on a la conscience tranquille. Une fois, deux fois, trois fois, on accepte, par vanité satisfaite. Mais, à la longue, la patience échappe. C'est absurde, je l'accorde ; cependant, en matière d'amour, il faut éviter les petites erreurs : elles sont souvent plus grosses de conséquences que les grandes. Tel pardonne des fautes graves, qui se sentira blessé au plus profond par des riens.

» Bref, tu as compris, il y eut une lézarde dans notre amour. Marthe fut-elle coupable ? Aujourd'hui je répondrais : non. Elle agissait de bonne foi. La jalousie est une maladie sans pitié. Mais cette simple constatation, on ne peut la faire que du dehors, de loin, et de haut, quand on n'est pas en cause. Quand on est en cause, c'est une autre histoire. Le jaloux souffre, mais il torture. Trop heureux s'il ne lasse pas !

» Maintenant tu as compris, tu sais tout : Marthe jalouse m'a épuisé. Le mot n'est pas trop fort. J'ai résisté le plus longtemps possible, car je l'aimais. Un jour, enfin, j'ai succombé, j'ai fui.

» Voilà que tu me regardes avec le même regard. Je pensais que tu comprendrais, et tu as l'air de ne pas comprendre. Tu doutes évidemment que la jalousie de Marthe ait pu m'amener à une résolution aussi saugrenue. Je n'ai qu'une brève réponse à te faire : je ne te souhaite pas, mon cher ami, d'être aimé par une femme jalouse ; et surtout je ne te souhaite pas d'aimer une femme jalouse. Ce que j'ai pu souffrir dépasse l'imagination.

» Je ne chargerai pas Marthe, que j'ai tant aimée. Mais comment songerais-je sans amertume à ses exigences progressives ? Timides au début, elles furent terribles pour finir. Ai-je besoin de te rappeler, car tu en eus assez de peine et je l'ai bien deviné, que Marthe jalouse chercha par tous les moyens à t'éloigner de nous ? Ce qu'elle entreprit contre toi, elle l'entreprit contre les différentes personnes de notre entourage.

» Jusqu'où elle put aller contre celles qu'elle pouvait craindre comme des rivales, je te laisse maître de le supposer. Elle se brouilla, sans explication, avec deux de ses amies d'enfance. J'admettais à la rigueur cette extrémité : les deux femmes étaient jolies. Et sur ce point nous serions mauvais arbitres. J'admettais, car j'avais été jaloux et je l'étais encore. J'admettais et j'admets.

» J'admettais moins facilement qu'elle en vînt à m'imposer des scènes souvent cruelles, à cause d'indifférentes que j'avais eu le tort de regarder dans la rue ou au théâtre, ne fût-ce que machinalement. Une belle femme, mon Dieu ! on peut la regarder sans penser à rien. Mais à la rigueur encore, j'aurais excusé Marthe, je le répète. Moi-même, plus d'une fois, j'ai éprouvé je ne sais quel malaise, en la voyant regarder un homme avec, me semblait-il, je ne sais quelle complaisance. Et tu diras qu'elle prouvait qu'elle m'aimait, en me prouvant ainsi qu'elle me voulait tout à elle. Soit. Je ne discute pas. Je te répète une fois de plus que j'admets. C'est peut-être moi qui lui avais donné le goût de la jalousie, quand je lui montrais que j'étais jaloux. L'apprenti sorcier n'a le droit d'accuser personne.

» Cependant, et tu vas mieux comprendre, il me fut plus difficile d'accepter que Marthe essayât de me séparer de mes amis, et de toi principalement, mais des autres aussi, qui m'étaient moins chers. Je me rendis compte que, peu à peu, elle faisait le vide autour de nous. Il m'apparut qu'elle détestait tout ce qui n'était pas uniquement de nous, d'elle et de moi, tout ce que j'avais connu avant de la connaître, tout ce que j'avais aimé avant de l'aimer, mes travaux antérieurs, mes projets mêmes, ces pauvres recherches historiques et morales auxquelles j'avais cru que je consacrerais ma vie.

» Oui, elle fut jalouse de mes livres, de mes papiers, de mes fiches. Le peu de temps que je lui dérobais à leur profit, elle le regrettait. Elle me marqua qu'elle le regrettait. Tu comprends mieux, n'est-ce pas, que j'aie pu m'effrayer du tour que prenait mon expérience ? L'apprenti sorcier commençait à perdre la tête au milieu du désordre qu'il avait déchaîné.

» Ces drames obscurs de l'amour, qui se jouent entre ce qu'on nomme des gens bien élevés, ils n'ont pas une couleur assez violente pour éveiller l'attention du monde. Ils ne sont au surplus possibles, avec ces nuances, que chez des oisifs. Je vivais de petites rentes avant la guerre. Sans être riche, j'avais une aisance qui me permettait de me livrer à mes travaux personnels sans autre souci. Tu le sais. Combien de fois n'ai-je pas envié ceux qui, par leur naissance, sont assujettis à un métier, à un emploi, à une occupation nécessaire ! J'aurais échappé du moins en quelque manière à l'égoïsme de Marthe, qui devenait de plus en plus tyrannique.

» Son égoïsme ? Non. Son amour. C'est peut-être la même chose pour toi, comme pour beaucoup de gens. Pour moi, ce n'est pas la même chose. J'aurais échappé à l'égoïsme de Marthe. Mais à son amour j'étais attaché. Il était mon œuvre, elle était ma créature : par là je dépendais plus d'elle qu'elle ne dépendait de moi. Et puis, sans philosopher ou rhétoriquer davantage, j'aimais Marthe.

» Tu parleras de lâcheté, ou bien tu ne sais pas ce que c'est que d'aimer. Comprends plutôt du même coup que je viens de te révéler pourquoi je n'ai jamais eu le courage de faire appel à ton amitié. Comme je t'avais par pudeur caché la joie profonde et nouvelle de mes belles heures, j'ai dû te cacher mon inquiétude, puis ma détresse. Je sentais que je m'aveulissais, j'aurais eu honte de te l'avouer, comme plus tôt j'aurais eu honte de te crier : « Aime donc aussi, toi, imbécile ! Quitte tes bouquins, jette-toi dans la vie, aime ! » Aujourd'hui, je n'ai plus aucune raison de te cacher rien, pas même que j'ai beaucoup souffert en silence, et beaucoup souffert de mon silence. Crois-tu que je n'aie pas serré les poings plus d'une fois, quand des amis, et toi le premier, parliez tranquillement du bonheur de cette chère Marthe et de ce cher Maurice ? Si vous aviez su… Si vous aviez su que j'étais l'esclave, et l'esclave conscient, de ce fameux bonheur, qui de vous eût envié ma place ?

» Après avoir eu l'illusion de dominer, il est déroutant de sentir qu'on ne s'appartient plus. Je te résume ma passion, car c'en fut une. Les mille petits faits que je pourrais t'énumérer, ne t'instruiraient pas davantage. Que t'apprendrais-je de plus en te disant, par exemple, que, certains jours, j'avais l'impression que je n'étais pas libre de garder pour moi la moindre de mes pensées ?

— « A quoi penses-tu ? » L'ai-je entendue assez souvent, cette question pleine de sollicitude ou de tendresse, qui finissait par m'exaspérer !

» M'objecteras-tu que je n'avais qu'à rompre ? Ou peut-être qu'à manifester à Marthe mon désir intransigeant de mener une vie moins tendue ? Mais, pour rompre, il aurait fallu que j'eusse cessé d'aimer Marthe. Sans doute, je ne l'aimais plus avec la même ardeur : elle abusait de moi, volontairement ou non, et cela suffisait à me modérer. Le *tu ne m'aimes pas, je t'aime* et le *tu m'aimes, je ne t'aime pas*, ce jeu classique de la balance est bon partout et toujours. Mais, dans mes moments de plus grande impatience, je devais m'avouer que j'aimais encore Marthe, cette Marthe amoureuse que j'avais créée. Et quant à l'avertir du péril où elle poussait notre amour, sois bien persuadé que je l'ai tenté de toutes les façons.

» Moi aussi je lui ai infligé des scènes désastreuses, d'où nous sortions penauds, confus, brisés presque, mais prêts à nous réconcilier, ou déjà réconciliés avec des promesses irrécusables. Hélas ! les promesses n'étaient que des promesses. Quand j'y réfléchissais de sang-froid, la situation me semblait être sans issue. Nous vivions constamment dans une atmosphère d'orage. Et qui pourrait annoncer que le nuage crèvera ou que nous en serons quittes pour la menace ?

» Tu as compris, maintenant, n'est-ce pas ? Tu comprends que j'aie accueilli l'ordre de mobilisation du 2 août 1914 avec un soupir de soulagement. Je partais, donc j'espérais que je serais sauvé. Je pouvais tout espérer, soit de la mort, que je ne demandais du reste point, car elle n'est qu'un pis-aller et elle coupe sans conclure, soit plutôt de la séparation, de l'éloignement obligatoire, du régime nouveau qu'allait subir notre amour. J'étais sûr de moi, calme, et j'attendais beaucoup de l'épreuve pour Marthe.

» S'il est vrai que plus d'un homme, las de vivre, soit allé vers la guerre comme à un suicide licite et qu'on ignorerait, j'y suis allé, moi, comme à une délivrance. Pour moi-même, j'emportais la foi dans une victoire sur moi-même ; je présumais que, loin de Marthe, loin du sortilège de son amour exigeant, je me reprendrais et redeviendrais maître de mes sentiments énervés. Et pour Marthe, pour Marthe surtout, je comptais qu'avec des soucis d'un autre ordre elle aurait le temps de s'apaiser et de se dégager de cette constante jalousie qui empoisonnait notre union.

» Oui, tu me diras : — « Et tu n'as pas prévu que ton bel espoir pourrait ne pas se réaliser du tout ? » Je te demande pardon, j'y ai songé. Et si je suis parti avec un grand espoir, je n'en suis pas moins parti avec une crainte aussi grande. C'est sous cette double influence que j'ai traîné mon sac et mon fusil sur les routes encombrées de l'été de 1914. Marches, contre-marches, combats, patrouilles, la retraite, la poursuite, l'épique pagaille de nos trois premiers mois, la faim, la soif, la fatigue, l'envie de dormir, — te rappelles-tu comme nous avions envie de dormir, de dormir n'importe où, dans un fossé boueux, sous les roues des longs convois d'artillerie aux chevaux harassés, malgré nos chefs, et malgré l'ennemi qui nous chassait ou qu'il fallait chasser ? — tant d'événements en si peu de jours ont relégué au second plan mes minces préoccupations personnelles. N'est-ce point par des soldats qui ne se tenaient plus debout que la bataille de la Marne a été gagnée ? Puisque j'étais de ceux-là, à côté de toi, tu sais bien que pas un de nous n'avait même plus la force de penser. Je n'avouerai jamais à Marthe que, pendant ces jours, elle n'a pas pesé beaucoup dans ma tête. Mais, lorsque je pus enfin m'interroger, si j'eus un plaisir très doux à évoquer son image chérie en me réjouissant de n'être pas tombé, j'eus la satisfaction de constater que je la chérissais avec quiétude.

» Et Marthe ? Je n'avais pas reçu toutes les lettres qu'elle m'avait écrites. Celles que je reçus me seraient parvenues trop tard si elles avaient exigé des réponses immédiates. Mais elles n'étaient que ce que furent des milliers de lettres d'épouses ou d'amantes au début de la guerre : le chagrin de Marthe pliait sous une peine moins égoïste. Je pus croire que nous étions sauvés, que l'horrible catastrophe allait du moins permettre à deux êtres, des plus infimes, de retrouver l'équilibre et le bonheur véritable qu'ils avaient perdu.

» Tu devines que mon illusion fut de courte durée. À quoi bon t'exposer les détails du progrès de ce mal qui semblait être en nous inexorablement ?

» Dès janvier 1915, alors que nous piétinions dans les tranchées, Marthe ne m'écrivait que des lettres d'une violence décourageante. J'imagine volontiers que les défaitistes les plus ardents ne durent une sérieuse part de leur ardeur qu'aux menées d'une femme ou d'une maîtresse désespérée. Néanmoins le résultat qu'obtint Marthe fut bien différent : plus elle criait vers moi, plus elle me séparait d'elle. L'aveuglement ou l'indulgence que mon amour m'avait laissés, peu à peu cédèrent. Je vis plus nettement que jamais jusqu'où j'avais accepté de descendre. Je le vis et je fus consterné. Mais que pouvais-je faire ? Remontrer à Marthe qu'elle s'égarait ? Ce fut inutile, ce fut comme si je ne répondais rien à ses lettres. Elle continuait son même monologue sans pitié.

» Je connus alors que nous étions au fond d'une impasse.

» Rompre ? Mais pour quel motif ? Parce que Marthe m'aimait avec trop d'impétuosité ? J'aurais eu honte de le reconnaître, et honte de moi aussi. Je me condamnai à subir passivement ma défaite. Cette morne sujétion dont j'avais été l'artisan, m'obligeait. Je devins taciturne. Tu l'avais remarqué, sans doute, et je souffris parce que je sentais que tu l'avais remarqué et parce que je ne pouvais rien te dire. Ne devais-je pas en effet accuser Marthe, si je t'ouvrais mon secret ? Or Marthe n'était pas coupable. Et puis ces choses, vraiment, on ne peut pas les dire, même à son meilleur ami, sans être un goujat. Tout désemparé que j'étais au milieu des misères de nos tranchées, je me condamnai à garder mon silence. Je te prie de croire que ce ne fut pas avec plaisir. Et j'attendis.

» J'attendis. J'attendais. Quoi ? Je ne sais pas. La guerre s'éternisait. La paix semblait rejetée vers un avenir incertain. Les moins pessimistes des combattants supputaient naïvement, — et de quelle pitoyable naïveté ! — que, plus les semaines succédaient aux semaines, plus ils avaient des chances de ne pas sortir indemnes de leur enfer. Les espoirs se faisaient timides. En vérité, tu ne le nieras pas, la plupart d'entre nous avaient l'air de se survivre malgré eux. Au fond, on ne s'expliquait pas pourquoi l'on n'était pas mort, quand on avait vu mourir tant de camarades autour de soi. On ne s'étonnait plus de rien. On était en quelque sorte anesthésié. Vivre, mourir, on n'était pas bien sûr que ces mots eussent un sens raisonnable.

» Dans mes moments de lucidité, je n'avais qu'un espoir : d'arriver à l'indifférence. Alors j'aurais eu peut-être le courage de m'évader, de me sauver, de rendre à Marthe sa liberté, selon l'expression courante, ce qui signifie : reprendre la mienne. Loin du sortilège de Marthe présente, loin de ses récriminations, de ses plaintes, de ses reproches, de ses larmes, je pouvais former cet espoir. Il me semblait déjà quelquefois que j'étais sur le bon chemin : j'avais ainsi la force de laisser dans ma poche, pendant des heures, sans la décacheter, une lettre de Marthe ; je commençais à ne plus avoir la trouble curiosité de ses véhémences. Je commençais…

» Hélas ! J'entends encore toute mon escouade, et toi, qui me félicitiez, lorsque je reçus au bras cette blessure en séton que chaque fantassin a rêvé de recevoir. J'en fus sur-le-champ plus navré que si elle eût été mortelle. Avais-je le pressentiment de ce qu'elle me vaudrait ? Elle me venait trop tôt. Je n'étais pas prêt à faire face à ce qu'elle me réservait. Je n'étais pas prêt à revoir Marthe.

» Je ne me trompais pas. Tout le lent ouvrage de dix mois de séparation s'effondra dès que je la revis. Et quelle était-elle ? Permets-moi de me taire mon ami. Toi-même qui, peu de temps après, pus la revoir aussi, et plusieurs fois, lorsque c'était à ton tour d'aller en permission, tu as observé qu'elle était changée, et je me rappelle avec quelle joie tu me rapportais les inquiétudes et donc la tendresse franche de

Marthe. Alors qu'elle t'avait toujours tenu à l'écart de nous, elle s'était mise à se confier à toi. Tu ne la reconnaissais plus, ne dis pas non. Et ne dis pas davantage que tu compris que j'accueillisse sans enthousiasme ce que tu pensais me ramener de réconfort. Maintenant tu comprends. Car moi, dans tes propos, je reconnaissais la Marthe qui ne changeait pas. Qui ne changeait pas ? Qui au contraire s'enfonçait de plus en plus dans l'impasse de la jalousie.

» Épargne-moi la peine de te préciser les effets de sa jalousie. Je serais obligé de t'avouer que je perdis patience en mainte occasion et que je ne sus pas toujours me défendre sans aigreur. Il n'y a rien de si laid qu'une dispute d'amants. Et nul pardon n'en fait rien oublier. Laisse-moi jeter sur les nôtres le manteau de Noé. Admets seulement, non pas pour m'absoudre, mais pour ne pas m'accabler trop vite, que j'aie eu des raisons de me révolter. Toi qui vivais à côté de moi avant mon mariage et qui sais si j'étais homme à courir de femme en femme, toi qui vécus à côté de moi dans la tranchée, ou dans ces sinistres villages de l'arrière où l'on nous envoyait au repos, et qui sais si j'eus plus que toi d'autre envie ou d'autre besoin que de ce repos qu'on nous octroyait avec tant d'avarice, dis-moi si je fus sans excuse de hausser les épaules ou de me décourager à la fin, quand Marthe s'obstinait à douter que je lui fusse fidèle ?

» Mais je ne veux pas plaider ma cause. Je veux t'exposer les faits. Tu jugeras ensuite, s'il te plaît de juger. C'est autre chose que je te demande. Je n'insisterai d'ailleurs pas plus longtemps. Je t'en ai dit assez déjà, je t’ai dessiné d’un gros trait la courbe de mon aventure. Tu as vu mon bonheur s’élever, s’affermir, s’affirmer, croître encore, monter presque à la verticale, puis hésiter, et tu as vu la ligne magnifique devenir tremblante, indécise, s’infléchir, redescendre lentement, avec les mêmes hésitations, mais redescendre malgré moi. En même temps, tu as vu la ligne de Marthe bien différente : elle ne commença pas de s’élever si tôt que la mienne, ni avec tant de hardiesse ; mais elle s’est élevée régulièrement, pour couper la mienne et continuer son ascension irrésistible, quand la mienne redescendait. Voilà ce que tu as vu, alors que tu te représentais nos deux lignes, je le parierais, comme deux parallèles d’une sérénité parfaite. Tant il est vrai qu’il est malaisé de connaître ceux que nous croyons connaître le mieux.

» Quel dénouement pouvait avoir une si désolante et piteuse aventure ? Un dénouement piteux, sans contredit. Sur la pente où je glissais, rien n’était capable de m’arrêter. Marthe semblait me pousser aux épaules. Le peu de jours que je passai près d’elle, soit pendant la convalescence, du reste brève, de ma première blessure, soit pendant mes permissions, Marthe en fit pour moi des jours accablants. Cette détente que, par définition, le soldat permissionnaire devait trouver chez lui, loin de la zone infernale, cette joie que nous avions tous en principe d’échapper pour quelques heures à nos misères du front, Marthe me les empoisonna. J’étais à elle, tout à elle, rien qu’à elle, elle entendait me garder tout pour elle, rien que pour elle. Elle épiait mes gestes, mes regards, mes réponses, me tenait en servitude constante, me harcelait de questions, m'empêchait de sortir ou ne me quittait pas, et, si par hasard je me taisais, elle m'arrachait à ma distraction par son habituel : — « À quoi penses-tu ? » Mais elle y mettait une âpreté sans merci. Et je rejoignais le bataillon, où la vie n'était pas drôle, comme j'aurais gagné un refuge.

» C'est affreux, ce que je te dis là. Je le sais. Mais songe que, pendant toute une année de guerre, durant toute une année de corvées humiliantes, d'insomnies, de crasse, de mauvaise nourriture, de pluie et de boue, de soleil et de sueur, de résignations quotidiennes, et d'incessants dangers dont je ne parle pas, durant toute une année où je sentais que je m'épuisais physiquement, j'ai porté en secret cette douleur d'être le jouet d'un amour qui me dominait à jamais.

» Le dénouement fut piteux, oui. Est-ce ma faute si nul obus ou nulle balle ne m'a tué ? Je n'ai rien fait pour me soustraire à la mort. Elle eût tout achevé dans ce qu'on est convenu d'appeler de la gloire. Marthe m'aurait pleuré. Sous ses voiles de deuil, elle n'aurait pas su si je ne l'aurais pas maudite en tombant. Tant d'autres sont tombés qui n'aspiraient qu'à vivre !

» Même à Verdun, où, dès la première heure, on eut l'impression qu'un formidable charnier se préparait pour les deux armées au face à face, quelle que fût la victorieuse, j'ai eu l'impression, moi, que j'y deviendrais fou peut-être, mais que je n'y mourrais pas. Les camarades s'écroulaient autour de moi sous les 105 et les 210. Nous nous battions, tu te rappelles ? sans artillerie contre une artillerie enragée. Nos officiers avaient l'ordre de ne reculer sous aucun prétexte. Et quel désarroi ! Il neigeait. Pour manger, il fallait ouvrir les havresacs des morts, afin d'y dérober les boîtes de conserves qui s'y trouvaient. Nous n'avions ni outils, ni fusées, ni grenades, et nos cartouches diminuaient. Mais tu sais tout cela comme moi.

» Le 8 mars, vers cinq heures du soir, à l'artillerie allemande qui nous écrasait méthodiquement, se joignit une batterie de 155 française. Les malheureux qu'elle atteignait brûlaient avec une odeur atroce. Nous n'avions aucun moyen de signaler à l'arrière notre situation. Les chasseurs, accroupis et claquant des dents, n'attendaient plus que l'obus allemand ou français qui mettrait fin à leur angoisse. Vainement huit coureurs furent envoyés vers le P. C. du chef de bataillon.

» À minuit, comme je causais avec le lieutenant de notre mort plus que probable, un être humain, — je ne peux pas dire autre chose, — sauta près de nous dans la tranchée. Il haletait. — « Le lieutenant ! » fit-il. Il tira de la coiffe de son casque un billet, le tendit à l'officier, tira de sa musette un petit paquet de lettres, et s'affaissa. Je n'eus que le temps de ramasser le paquet de lettres. — « Encore un, dit le lieutenant. Pauvre gosse ! » Mais, à la lueur voilée d'une lampe de poche, il lisait le billet.

— « Voyez, me dit-il, ce que répond le commandant. Je lui avais demandé, la nuit dernière, de nous envoyer du renfort. » Le commandant lui répondait : « Vous aurez toujours assez de monde pour accomplir votre mission. » — « C'est simple, n'est-ce pas ? dit sans aigreur le lieutenant. Puisqu'il en est ainsi, vous allez partir immédiatement. Vous irez trouver le chef de bataillon, le général, qui vous voudrez, mais trouvez quelqu'un qui fasse taire cette batterie de 155 qui nous assassine. Et quand ce sera fait, eh bien ! allez où vous voudrez, perdez-vous, peu m'importe, mais ne revenez pas ici : ce serait idiot et parfaitement inutile. Adieu ! » Et il me serra la main.

» Interdit, je doutai si je ne rêvais pas. Mais je ne rêvais pas. — « Qu'attendez-vous ? dit le lieutenant. Filez au plus tôt et laissez-moi le paquet de lettres. Il y en a peut-être pour moi dans le nombre. Au fait, pour vous aussi, peut-être. Regardez donc, prenez, et je le répète : filez. » J'obéis. Il y avait pour moi une lettre de Marthe. Je l'empochai, et je sautai hors de la tranchée, par le parados.

» À ce moment-là, je n'avais plus aucune envie de mourir. On venait de me faire grâce : je n'aspirais qu'à vivre, qu'à fuir. Où et comment ? Tu penses bien qu'il ne m'en souciait pas. Je quittais ce tombeau du bois Albain près de se fermer sur moi. Je n'en demandais pas davantage. Je courais, je glissais dans la neige, je me dirigeais vaguement vers Thiaumont, où notre chef de bataillon devait être. Je buttais contre des cadavres, je me relevais, j'avais la fièvre. J'ai eu, cette nuit-là, conscience de ce que peut être la folie quand elle s'empare d'un homme.

» Passons, veux-tu ? Tu comprends sans peine que je n'aie trouvé ni ferme de Thiaumont, ni commandant, que je n'aie même pas trouvé le village à moitié détruit de Fleury, et qu'après avoir erré Dieu sait où, pendant Dieu sait combien de temps, je me sois tout à coup étonné de trouver comme par enchantement une entrée du fort de Souville. Elle était encombrée de corps serrés les uns contre les autres. Il me fallut les enjamber tant bien que mal dans une pénombre où l'air était irrespirable. Je marchais malgré moi sur un pied, je heurtais une épaule. Un des dormeurs, à mon contact, sacra. J'aperçus trois étoiles de métal à sa manche. Enfin un capitaine d'état-major, sur lequel j'avais failli m'étaler de mon long, se réveilla et reçut, non sans grogner, l'appel au secours que j'apportais. Ma mission était terminée. Alors je respirai.

» Les téléphonistes du général m'offrirent un quart de vin. J'en aurais bu un litre. Je m'acagnardai dans un coin de leur réduit ; il y faisait chaud, très chaud ; pris de torpeur, j'y serais demeuré avec une joie que pas un homme ne pourra concevoir, s'il n'a pas été fantassin durant la dernière guerre. Mais je ne pouvais y faire qu'une courte halte. Libre à moi de me reposer mieux ailleurs ensuite. Cependant j'avais le droit de souffler un peu. La tête légère, me semblait-il, comme une balle de sureau, les paupières de plomb, la bouche amère, les membres gourds, j'allumai une cigarette pour ne pas m'endormir. Puis je décachetai la lettre de Marthe, pour le même motif, sans aucune curiosité. Et puis, et puis j'aime mieux te le dire franchement : je ne lus pas la lettre de Marthe, je la remis dans ma poche, et, tout harassé, et cinglé à la fois par la résolution que je prenais, je me levai, je sortis du fort. Une ardeur soudaine m'animait. Fuir ! fuir ! Fuir tout, la guerre et Marthe, me sauver de ces deux enfers, m'évader, être libre, libre ! Et je me remis à courir, tournant le dos à Douaumont, où mes camarades et toi-même agonisiez misérablement.

» Dès lors, tout fut plus facile que tu ne pourrais l'imaginer. Le hasard me servit, puis le désordre né de l'affaire de Verdun. Deux brancardiers, qui transportaient sur une civière un sergent de notre bataillon, étaient arrêtés à l'entrée du Bois des Hospices. Je m'informais du nom du camarade blessé, quand un fracas brusque me coupa la parole. Jeté à terre par l'éclatement d'un obus, j'étais encore une fois indemne. Mais des deux brancardiers et du blessé, il ne restait que trois cadavres.

» Une force irrésistible me poussait. Le sergent et la civière formaient une horrible bouillie. Je dépouillai le mort de ses papiers, de son portemonnaie, de ses deux plaques d'identité ; j'accrochai à son poignet intact ma petite plaque d'identité en or ; je posai l'autre, la réglementaire, près de sa tête méconnaissable ; je glissai dans les poches de sa capote ensanglantée mon carnet, ma bourse, ma montre, mon portefeuille, d'où j'eus soin de prélever assez d'argent pour gagner le plus rapidement possible la Suisse.

» Tu vois que, dans ma fièvre, je gardais une singulière lucidité d'esprit. Grâce à l'une, je pus mener à bonne fin ma résolution. Grâce à l'autre, je n'eus pas le loisir d'observer que je commettais une action monstrueuse. Tu vois donc aussi que je me juge maintenant sans indulgence.

» Le reste est à peu près dépourvu d'intérêt. Pour tout le monde, depuis le mois de mars 1916, je suis mort. Toi seul sais à présent la vérité, Elle n'est pas belle. J'arrive de New-York. J'ai débarqué à la gare Saint-Lazare hier matin, dimanche, 11 novembre 1923. Je ne suis revenu que pour te revoir d'abord. Je t'ai rencontré hier dans l'avenue de Wagram. Je t'ai reconnu sans peine. Malgré ma barbe, tu m'as reconnu. Mais je n'ai pas eu le courage de t'affronter tout de suite. J'avais délibéré de ne t'affronter qu'aujourd'hui. »

Mon ami se tut.

J'ai transcrit à peu près exactement sa confession. Mais ce que je n'ai pas su rendre, c'est le son de sa voix et la chaleur de ses aveux. Après tant d'années, Maurice conservait intacts les souvenirs de sa passion. Je n'avais pas à le juger, je constatais seulement que sa passion avait dû être plus profonde qu'il ne voulait le donner à entendre. Cet homme, qui avait certainement beaucoup souffert, il souffrait certainement encore.

Pourquoi revenait-il après tant d'années d'absence ? Pourquoi revenait-il si tard ? Et, s'il m'avait dit tout, me l'avait-il dit sans arrière-pensée ? Ces questions que je me posais, tandis qu'il achevait l'effroyable récit de sa nuit de Verdun, je ne les lui aurais pourtant pas posées tout de suite.

Je retrouvais l'ami de ma jeunesse, je le retrouvais parce qu'il revenait, il ne revenait sans doute pas pour redisparaître le jour même. Nous renouerions notre amitié au point où elle s'était rompue, et nous aurions assez de loisir devant nous pour mettre ou remettre toutes choses au point. Car je brûlais de poser bien d'autres questions à Maurice.

Il s'était levé. Devinant son dessein, je lui tendis les bras. Il appliqua ses mains sur mes épaules, lourdement, affectueusement.

— « Mon pauvre ami, fit-il, tu es resté fidèle à nos bouquins ? Tu as toujours notre conviction de jadis, que la vie est bête ? Nous la tenions des auteurs que nous avions lus. Mais je te dis qu'elle est encore plus bête. Je te le dis et c'est vrai. Regarde-nous. Ne vois-tu pas ce que mon retour a de tragique et de grotesque ? Ne sens-tu pas, comme moi, que nous sommes gênés de nous retrouver face à face, toi et moi, malgré cette vieille affection qui nous attachait autrefois l'un à l'autre de telle sorte que chacun de nous était persuadé qu'il ne pourrait pas vivre sans l'autre ? Quelle misère ! Tu me croyais mort depuis sept ans, et tu avais arrangé ta vie de façon qu'elle te fût supportable sans moi. Et moi-même, j'avais pu présumer auparavant que je m'arrangerais une vie merveilleuse avec Marthe, sans toi. Morne misère !

» Cependant, si tu as pu éviter les pièges de l'amour où le plus malin s'empêtre, et si tu veux néanmoins me juger, observe, je te prie, que ce n'est point seulement pour la question d'amour que je me suis affolé jusqu'à commettre ce que tu sais. Ou plutôt observe que la question d'amour, qui te paraîtrait sans doute minime, entraînait toute mon existence vers une déroute totale. Marthe, ma chère Marthe, m'avait à son profit accaparé. Voilà ce qui m'effrayait, car je ne me sentais pas capable, n'étant pas cruel ou l'étant moins que jamais à cause de la guerre, de remonter le courant et de retourner la situation à mon profit. Je te prie donc de tenir compte de cela.

» Non, laisse-moi parler encore. Je ne t'ai pas dit tout. Je te dois ces explications depuis trop longtemps. Et puis, ce passé que déjà ta main efface généreusement, parce que tu es toujours l'ami de toujours, il ne faut pas l'abolir si vite. Ce passé n'est pas assez loin de nous. Assez loin ?

» Écoute. Je préfère me délivrer de ce poids qui m'étouffe depuis que je suis entré chez toi. Je me suis guindé tant que j'ai pu, j'ai même essayé d'arrondir des phrases par moment : c'est que je n'étais pas maître de moi comme j'aurais voulu l'être, et que je craignais de me trahir. Il convenait de t'apprendre d'abord pourquoi je n'ai pas pu ne pas saisir l'occasion presque désespérée de mon salut quand elle s'offrit, un jour de faiblesse et de fièvre. Ne t'avouais-je pas ainsi, quoique de biais, l'amour malheureux que je portais au plus profond de moi ? Mais à la façon dont je t'ai fait cet aveu, n'as-tu pas compris du moins que je ne gardais pas rancune à Marthe ?

» Assurément. Si, après tant d'années, j'étais revenu vers toi comme un homme qui a tout oublié, — tu entends ? je dis : tout oublié, et donc que j'ai été heureux, — ou si je ne revenais qu'avec le souvenir de mes heures les plus mauvaises, t'aurais-je parlé de Marthe avec tant de précautions ? Le cas est bien banal du monsieur que sa femme excède. Si tel était le mien, je n'aurais pas eu de peine à trouver des mots pour accabler Marthe devant toi. La comédie de tous les temps et de tous les peuples a épuisé ses traits sur les personnages que nous aurions pu être. Mais il en va de nous autrement. Je connais la part de responsabilité que j'ai dans mon aventure. Je n'ai pas le droit d'accuser Marthe. N'est-ce pas moi qui l'ai faite ce qu'elle fut, ou qui fis tout ce qu'il fallait faire pour qu'elle devînt ce qu'elle fut ?

» D'ailleurs, je te conterai plus tard, si cela t'intéresse, la vie que j'ai menée hors de France, depuis ma fuite de Verdun jusqu'au jour où je décidai de rentrer. Nul, tu ne l'ignores pas, n'était moins prêt que moi à mener une vie active dans le désordre prodigieux qui suivit l'armistice de 1918. Et, pour comble, j'avais à me débattre, moi, à l'étranger, Je t'amuserai, plus tard, te dis-je, avec le récit de mes expériences. Négligeons-les pour l'instant. Qu'il te suffise de savoir que, n'étant pas plus sot qu'un autre, j'ai pu non seulement subsister, alors que je n'avais jamais vécu que de mes rentes, mais gagner plus d'argent que je n'en aurais gagné, si j'étais demeuré chez nous. Je reviens plus riche que je ne l'étais en partant. Je ne te joue donc pas ici une scène d'enfant prodigue penaud.

» Je vais plus loin. Je ne reviens pas poussé par le repentir ou par le remords. N'attends pas que je t'inflige là-dessus de belles phrases. Je suis trop sûr de toi et trop sûr de Marthe. Le passé est le passé, mais j'ai ma vie à refaire, et je veux la refaire. Tu entends ? Je veux. Et je sais comment il faut pour la refaire.

» Quoi ? De nouveau tu me regardes avec ton regard inquiet. Tu penses ou que tu rêves ou que je te reviens sans toute ma raison ? Tu le penses, n'est-ce pas ? Tu te dis : « Il parle déjà d'avenir, sans avoir l'air de soupçonner qu'après tant d'années d'absence peut-être… » Mais non, je ne suis plus assez jeune.

» Mon plan était nettement tracé : te voir, toi, le premier, pour que tu annonces à Marthe mon retour avec la prudence indispensable. Je ne veux pas me présenter à elle sans qu'elle soit avertie, et une lettre eût été aussi brutale que mon arrivée. Tu connais Marthe comme je la connais : elle supporterait mal cette émotion inutile. Toi seul la prépareras avec assez de tact. Non, ne m'interromps pas !

» Je devine que, par taquinerie, tu vas m'objecter : « Mais, mon pauvre Maurice, qui te dit que Marthe… » Rassure-toi, j'ai tout prévu.

» J'ai prévu que Marthe aurait pu ne pas me survivre. Je l'ai tellement prévu que, depuis mon retour, j'ai eu la force de ne pas aller rôder autour de notre maison, par crainte d'apprendre trop tôt la mauvaise nouvelle. Mais rappelle-toi comme je t'ai regardé, quand tu m'as ouvert ta porte. J'ai deviné tout de suite que Marthe est toujours vivante. Et j'en ai eu la certitude quand tu m'as laissé parler, et à mesure que tu me laissais parler. Tu vois bien que j'ai encore toute ma raison.

» Quant au reste, je serai moins catégorique, car tu pourrais croire que je suis devenu fat. Mais j'ai prévu aussi qu'après tant d'années de deuil et de solitude, Marthe aurait pu accepter une consolation. Mais tu me l'aurais dit aussi, tu me le dirais, tu ne me laisserais pas parler, tu ne me laisserais pas espérer que j'ai quelque chance de reprendre ma part de bonheur. Car je sais maintenant ce que c'est que le bonheur, je sais ce qu'il peut être.

» Si j'avais la crainte de revenir trop tard, ou la crainte de ne pas obtenir un pardon que j'implorerais sans honte, je me représentais qu'il n'est pas possible que deux êtres se soient aimés en vain. Ne crie pas trop à la fatuité ! Tu ne connais pas les femmes. L'amour a pour elles plus d'importance que pour nous : il est le fond même de leur vie. Elles ne peuvent pas oublier celui qui le leur révéla. Tous les psychologues sont d'accord sur ce point. Et trop d'exemples autorisent mon espoir.

» Tiens ! Ce livre à couverture blanche qui est là sous ta main, ouvre-le à la page 62. Ouvre, ouvre, te dis-je. Ne souris pas. Je la connais par cœur, cette page. Lis. Mais lis donc !

»… Il dit que Tristan est venu,
Qu'il a bien longtemps attendu
Pour épier et pour savoir
Comment il la pourrait revoir ;
Qu'il ne saurait vivre sans elle ;
Qu'il en sera de lui et d'elle
Tout ainsi que du chèvrefeuille
Qui noue au coudrier sa feuille.
Lorsqu'autour du bois il s'est mis
Et qu'il s'y est lacé et pris,
Ensemble ils peuvent bien durer ;
Mais si l'on veut les séparer,
Le coudrier meurt promptement,
Le chèvrefeuille mêmement.
Belle amie, ainsi est de nous :
Ni vous sans moi, ni moi sans vous.

» Ils sont beaux, ces vers, n'est-ce pas ? Mais ils te sembleraient plus beaux encore, si comme moi tu les avais lus, un soir de printemps, loin de France, loin de celle que tu aimais et dont tu t'étais follement séparé.

» Au fait, c'est le soir où je les ai lus, que j'ai compris et que j'avais commis une erreur en fuyant et que je ne pourrais plus continuer à mener loin de France la vie que je menais.

» J'avais cru que je me débarrasserais du souvenir de Marthe ; j'ai pu croire, pendant quelque temps, dans la fièvre de la vie que j'essayais de mener, que je m'en débarrasserais peu à peu. Mais peu à peu le souvenir remontait en moi. J'avais trop aimé Marthe pour qu'une autre femme ou d'autres femmes pussent me la faire oublier. À chaque nouvelle tentative, je constatais que Marthe gagnait à la comparaison, à toutes les comparaisons.

» Un soir, je lis ces vers :

> *Qu'il ne saurait vivre sans elle ;*
> *Qu'il en sera de lui et d'elle*
> *Tout ainsi que du chèvrefeuille…*

Et puis je prolonge encore l'épreuve, afin de m'assurer que je ne suis pas victime d'un mirage. Et puis je me décide, je pèse le pour et le contre, je n'hésite plus, je m'embarque. Les dernières heures me paraissent plus longues que les dernières années. Je débarque, je te rencontre. Je t'évite, parce que je suis trop ému. Je passe la nuit dans l'attente du matin. Je cours chez toi. Je t'ai dit tout le principal. Et je te dis enfin : rends-moi mon bonheur. Et maintenant tu peux parler. »

Maurice avait raison : s'il s'était étendu sur tout ce que j'ignorai de sa vie conjugale pendant que je vivais à côté de lui, il ne m'avait pour le reste dit que le principal. Je le reconnaissais là tout entier : du moment qu'il ne s'agissait que du passé, son amitié retrouvée ne me cachait rien ; mais elle s'enveloppait à nouveau de pudeur dès que le présent était en jeu. Comme aux premières heures de son mariage, Maurice éprouvait le besoin de se réserver.

Croyait-il que la fin de sa confession dût me surprendre ? Ou préférait-il en finir plus vite, comme s'il avait honte à nouveau de me dire qu'il aimait ? Il pouvait évidemment se dévoiler avec moins de circonspection. Ainsi aurais-je su comment il aimait. Mais il me le laissait à déduire de quelques phrases lâchées au hasard de ses aveux. Et je me demande s'il savait bien lui-même comment il aimait.

En somme, je voyais qu'il était malheureux parce qu'il avait été plus surpris par sa passion que je ne pouvais l'être de mon côté par le récit qu'il m'en faisait. Le début de sa confession m'étonna, je ne le dissimule point, car nous nous persuadons tous aisément, et il me l'avait dit aussi, que nous connaissons mieux nos proches que nous ne les connaissons en réalité. Mais, le début admis, tout devenait logique, et la fuite de Maurice, que les circonstances rendirent plus sombre, et son retour. Si Maurice en douta, et que je pusse ne pas comprendre, il m'attribuait une incompétence excessive. Je l'en excuse pourtant, car il n'y a pas d'amant qui ne s'imagine être l'amant par excellence.

S'il faut mettre les choses au point, Maurice avait plutôt été victime d'un mal assez commun : il était de ces hommes qui, même s'ils ne s'en rendent pas compte, préfèrent la chasse à la possession. C'était la joie de conquérir Marthe qui l'avait exalté. Marthe conquise et le but atteint, Maurice au bout de son effort chancelait déjà.

Tel, hélas ! je le constate avec mélancolie, il était avant d'avoir rencontré Marthe. Combien d'études n'a-t-il pas entreprises ! Combien de recherches n'a-t-il pas commencées ! Combien de projets magnifiques n'a-t-il pas conçus ! À vingt-cinq ans, il aurait pu se faire un nom d'historien : il avait réuni les matériaux d'une dizaine d'essais capables de lui assurer une jolie notoriété. Mais il ne se décidait pas à tirer parti de ses travaux. À peine une question était-elle élucidée, il se jetait sur une autre, prenait seulement le temps d'enfouir dans un classeur toutes les notes qu'il avait recueillies sur la première, courait de librairie en librairie, passait des journées devant le casier des catalogues de la Bibliothèque Nationale, obtenait un jour communication d'un dossier des Archives ou d'un Ministère, inscrivait la cote du dossier sur une fiche, et m'annonçait : « Encore un point à marquer. » La question était résolue, elle n'avait plus d'intérêt pour lui, il en attaquait une nouvelle sans délai. Moi seul connais quelles curieuses trouvailles Maurice a faites ainsi en matière d'histoire ou d'histoire littéraire.

Que le même goût de la chasse l'ait perdu quand il s'est découvert amoureux, je le comprends, quoiqu'il ait pu en douter.

Je n'avais naturellement pas de remontrances à lui opposer. Tout à sa fièvre d'amour qu'il était, il gardait assez de sang-froid, c'est indéniable. Après tant d'années d'absence, il revenait pour reconquérir Marthe. La reconquérir ? Mais n'était-elle pas conquise ? Il ne l'ignorait pas. Il le savait mieux que moi : il savait trop en quelle femme amoureuse il avait transformé la jeune fille qui s'était donnée à lui. Cette assurance de la reprendre, qui paraîtrait fatuité chez un autre et dans un autre cas, elle me semblait logique aussi, et elle m'émouvait. Un amant que l'espoir soulève et l'espoir imminent de son triomphe, quoi de plus pathétique à la fois et de plus réconfortant, s'il vous fait son complice ?

Pas plus que mon ami, je ne pensais que quelque obstacle dût surgir. N'y avait-il pas assez longtemps que Marthe attendait Maurice ? Ne l'avait-elle pas assez longtemps aimé ? N'avait-elle pas assez longtemps été convaincue qu'elle le reverrait, qu'il lui reviendrait ?

Il revenait. Il était revenu. Mon rôle se réduisait à peu de chose : dire à Marthe que Maurice était revenu. Il n'y fallait que de l'à-propos. Et j'aurais pris plus de peine avec empressement.

D'ailleurs, et la veille même de ce jour où Maurice me demandait d'aller annoncer à Marthe son retour, ne m'étais-je pas promis d'aller la voir ?

Je ne manquai pas d'admirer la coïncidence, et de faire à Maurice un récit succinct de ma soirée de la veille.

— Bon signe ! dit-il.

— Il y a mieux, répliquai-je, et, si je n'étais pas ton ami, tu refuserais de me croire.

Et je lui contai comment, ouvrant au hasard ce livre qui traînait sur ma table à côté de l'*Ingénu*, j'étais tombé sur la page 62 et sur ces vers du *Chèvrefeuille* qu'il m'avait précisément récités :

— Ah ! mon ami ! fit-il. Je viens de vivre ici les plus belles heures de ma vie.

Sa voix se mouillait. Depuis son arrivée c'était la première fois, et c'était d'allégresse enfin.

Mais deux hommes supportent mal de s'émouvoir ensemble. L'un des deux toujours réagit. Pour échapper à l'attendrissement, il prononce des mots quelconques, souvent niais, dont l'effet est immédiat.

— Dis-moi, fis-je, comme si je songeais tout à coup à une objection capitale. Il vaudra mieux te présenter à Marthe sans ta barbe. Vois-tu cela, qu'elle ne te reconnaisse plus ?

TROISIÈME PARTIE

Mon rôle se réduisait-il vraiment à si peu de chose qu'il n'y fallût que de l'à-propos ? Chez moi, dans l'atmosphère de drame que le retour de Maurice avait créée, et comme ma joie l'emportait sur toutes les objections, j'avais pu, sans m'attarder, admettre que le retour de Maurice s'imposât de la façon la plus simple. Je n'avais pas discuté : c'était en somme un rêve, et un beau rêve, que je faisais. Et, s'il en était ainsi de moi, que n'en serait-il pas de la malheureuse Marthe ?

Quand je me trouvai dehors, ayant laissé Maurice chez moi, où il devait attendre le résultat de ma démarche, j'eus l'impression très nette que je sortais d'un rêve, en effet, et que ma tâche n'était peut-être pas si facile. L'air de la rue me dégrisait.

Que Maurice fût persuadé que Marthe recevrait la nouvelle de son retour avec une joie plus ouverte encore que la mienne, je le concevais : il y était trop intéressé. Mais je n'avais pas les mêmes raisons de supputer que tout irait pour le mieux. Dehors du moins, échappant à l'espoir contagieux de Maurice, je n'avais plus les mêmes raisons de garder la même conviction.

En vérité, il m'apparut soudain que je ne savais à peu près rien de la vie que Marthe avait menée depuis la disparition de Maurice.

Je ne l'avais vue que rarement, parce que je comprenais qu'il lui était pénible de me voir. J'avais compris qu'elle supportait mal sa douleur et qu'elle supportait mal aussi de ne pas me le dissimuler mieux. Elle s'était toujours défiée de moi, même au temps qu'elle était heureuse. Et je comprenais qu'elle souffrît davantage de m'avoir pour témoin de son malheur. Je souffrais quant à moi de sa défiance et, plus d'une fois, je me le rappelle, j'avais eu envie de lui crier : « Mais je suis votre ami, Marthe ! Je suis votre ami, pleurons ensemble ! » Mais elle poussait évidemment la jalousie jusqu'à vouloir pleurer seule. Et au moment que je me rendais chez elle pour lui annoncer le retour de Maurice et le retour de son bonheur, je ne songeais pas sans tristesse qu'elle souffrirait encore d'en recevoir la nouvelle par moi. Et comment la lui annoncer, cette nouvelle terrible ? De quel biais la préparer seulement ?

Dans la voiture qui m'emmenait chez Marthe, je regrettais d'avoir pris une voiture pour arriver plus vite. Il y avait déjà trois mois, trois grands mois, que Marthe n'avait eu ni visite ni lettre de celui qui eût été volontiers son meilleur ami. Trois mois. Je ne l'avais pas dit à Maurice.

— Pourvu qu'elle ne soit pas en voyage ! pensai-je.

Mais aussitôt je pensai que son absence me tirerait d'embarras. Il me resterait à écrire, puisque Maurice ne voulait pas écrire lui-même, et je prévoyais que par deux ou trois lettres successives, je viendrais à bout de ma tâche avec plus d'habileté.

Oui, alors que j'étais parti de chez moi sans hésiter pour lui annoncer ce que j'avais à lui annoncer, je souhaitais, à mesure que j'approchais de chez elle, de ne pas trouver Marthe : une espèce de gêne m'envahissait.

Or, comme je descendais de voiture et payais le chauffeur, une jeune femme joyeusement me salua.

— Tiens ! vous aussi ? fit-elle.

C'était une amie de Marthe. Elle riait.

— Vous veniez voir les amoureux ? Ils ne rentrent que demain.

Je la regardai.

— Ils ne rentrent que demain ? répétai-je.

J'étais interdit.

Je demandai :

— Quels amoureux ?

— Hé ! Ne veniez-vous pas chez Marthe ?

— En effet.

— Alors !

Et elle éclata de rire.

Mais tout à coup elle s'arrêta, et à son tour interdite :

— Oh ! s'écria-t-elle, je parie que vous ne saviez pas… C'est vrai, vous n'étiez pas au mariage !

Et immédiatement :

— J'ai fait une gaffe ?

Je bredouillai une vague protestation. La jeune femme avait l'air contrit. Et là, sur le trottoir, devant la maison de Marthe, devant la maison de Marthe et de Maurice, près d'un chauffeur de taxi qui nous écoutait, j'appris que Marthe s'était remariée, j'appris tout, le nom de son mari, le chiffre de sa fortune, le jour et le lieu de la cérémonie religieuse, et que le nouveau ménage demeurait dans l'appartement de l'ancien.

Je devais avoir une assez sotte figure.

— Pardonnez-moi, me dit la jeune femme, je vous ai fait de la peine. Je comprends, vous espériez peut-être…

Et elle mettait dans sa voix un ton de compassion.

— Non, non, répliquai-je. Ce n'est pas cela. Vous vous trompez, je n'étais que son ami. C'est autre chose.

Elle se rasséréna.

— Oui dit-elle. Vous étiez surtout l'ami de Maurice. Mais il ne faut pas en vouloir à Marthe. Rester veuve à son âge, ça n'est pas drôle.

Je me ressaisissais. La jeune femme s'en aperçut, car elle reprit son air enjoué, toute satisfaite d'avoir été moins maladroite qu'elle ne l'avait tout d'abord craint. Comme elle ne craignait plus rien, elle ajouta :

— Et puis, vous savez, mais vous ne le savez peut-être pas, votre ami était sans doute un mari parfait, mais il a donné à cette chère Marthe le goût des bonnes choses. Sans compter qu'elle m'a toujours paru ne pas manquer de tempérament. Vous ne la connaissiez pas : c'est une amoureuse.

Et, contente de cette anodine perfidie, qu'un sourire adoucissait, l'amie de Marthe ouvrit la portière du taxi et conclut :

— Vous me déposerez à la Madeleine, voulez-vous ?

Maurice était reparti le soir même, sans me demander de longues explications et sans se plaindre.

— Tu ne me reverras plus, m'avait-il dit simplement. Pour tout le monde j'étais mort. Je continuerai de l'être. Et toi, mon ami, oublie que je ne le suis pas. Dès ce soir je disparais à jamais.

Il n'y avait aucune emphase dans son adieu. S'il fut désespéré, il le contint. Je n'avais plus devant moi que le Maurice des premiers temps de la guerre, celui qui, taciturne, s'était, lui aussi, défié de moi. Rien ne l'aurait empêché de repartir.

Je ne lui avais, au dernier moment, posé qu'une question :

— Et si je revois Marthe ?

Il m'avait répondu :

— Tu lui diras ce que tu voudras.

Je ne l'ai pas revu. Je n'ai pas revu Marthe.

Le 21 avril 1924, lundi de Pâques, le courrier du matin m'apporta une longue enveloppe blanche timbrée de New-York. Elle contenait une brève lettre dactylographiée, à signature illisible, qui m'invitait à ouvrir une enveloppe plus petite que l'on m'envoyait. La petite enveloppe contenait un billet de la main de Maurice, signé de lui, et daté du 21 novembre 1923.

Maurice écrivait :

« Quand tu recevras ce billet, tu sauras que je suis mort. Définitivement, si tu me passes cette lugubre plaisanterie. Je ne regrette rien. Ne regrette rien non plus. Et sois heureux, si tu peux. »

Le soir, en troisième page, le journal *le Temps* publiait l'information suivante :

« Erreur macabre. — *M. René F…, de la classe 1908, originaire de Roanne, avait été, en 1914, blessé aux environs de Rambervilliers, à Roville-aux-Chênes ; à ce moment il fut évacué sur Épinal et Lyon, où il fut réformé. Depuis cette date il n'était pas retourné dans cette région. Ces jours derniers, le hasard de sa profession le ramenait à Rambervilliers et il se rendait au cimetière militaire.*

En le parcourant, il lut avec étonnement, sur la croix blanche d'une tombe, son nom, ses prénoms, le numéro de son régiment, sa classe et son matricule. M. F… a prévenu l'autorité militaire qui a fait le nécessaire pour corriger cette erreur. »

J'ai laissé sur ma table, à côté de l'*Ingénu*, je le répète, le livre à couverture blanche qui s'ouvre tout seul à la page 62 chaque fois que je veux l'ouvrir. Mais je les sais par cœur aussi maintenant, les beaux vers qui avaient enchanté Maurice :

> *« Qu'il en sera de lui et d'elle*
> *Tout ainsi que du chèvrefeuille… »*

ACHEVÉ D'IMPRIMER
LE 18 OCTOBRE 1924
PAR F. PAILLART
À ABBEVILLE (SOMME)